神様の弟子
～ チビ龍の子育て ～

加賀見 彰

この作品はフィクションです。
実在の人物・団体・事件などに
一切関係ありません。

神様の弟子 ～チビ龍の子育て～

目次

神様の弟子 ～チビ龍の子育て～

第一話

苦しい。

息ができない。

死ぬ。

このままでは確実に死ぬ。

誰かに首を絞められているわけではない。

喉に大福が詰まったのだ。

「……ぐっ……っ……」

大福は甘いが、人生は甘くない。

人生は苦しいが、大福も苦しい。

大福がこんなに危険な食べ物なんて夢にも思わなかった。

つい先ほど、優馬《ゆうま》は怒りにまかせて大福を口に放り込んだ。それが間違いだった。大福が喉に詰まった。

大福は凶器だ、と優馬は生理的な涙を流しつつ、ベンチからずり落ちる。

深夜の公園に人はひとりもいない。優馬が蹲《うずくま》っている姿を見ているのは、夜空に浮かんだ満月だけだ。

苦しいなんてもんじゃねぇ、もう駄目だ、目が霞む、どうして俺はこんなことで、と優馬の意識が薄れた。

その途端、目の前に人が現れた。

いや、普通の人間ではない。

頭から黒い布に身を包み、顔は見えないが、大きなカマを持っている。

「私が誰かわかるか？」

死神だ、と地を這うような低い声で続けた。その手に握られていた大きなカマが優馬の首に近づく。

死神。

優馬は声を上げることさえできなかった。

「小野《おの》優馬、二十歳、迎えに来た」

死神が迎えに来たということは死ぬということか。

死神の大きなカマが首にかかる。

その寸前、優馬は渾身《こんしん》の力を振り絞って、大きなカマから逃れた。

まだ死にたくない。

こんなことで死にたくない。

優馬の目から意志を読み取ったのか、死神が低い忍び笑いを漏らす。

「小野優馬、お前には恋人もいなければ友人もいない。家族とも疎遠《そえん》。この世に未練があるのか」

死神が大きなカマを左右に振ると、灰色の煙の中に優馬の葬式が浮かび上がった。家族にしろ、親戚にしろ、大学の同級生にしろ、誰ひとりとして泣いていない。

『優馬、大福を喉に詰まらせて死ぬなんて馬鹿だ』

『バイトをクビになって、夜の公園でもらった大福をヤケ食いしたみたいだぜ』

『いけ好かねぇ奴だったが、最後に笑わせてくれたな』

大学の同級生たちは忍び笑いを漏らし、親戚も呆れ顔で焼香《しょうこう》を終わらせる。弟はあっけらかんとしていた。

『兄貴、大福なんて食ったか？　兄貴は甘いの嫌いだったよな？』

『長男がこんな死に方をして恥ずかしい。世間様に顔向けができない』

父親は優馬の死因を恥じ、母親は生命保険の使い道を口にした。どうやら、優馬の生命保険金で弟に車を与え、家族で北欧に行くようだ。

血の滲むような努力をして入学した常盤学園《ときわがくえん》大学では、学生代表である二階堂義孝《にかいどうよしたか》が氷の彫刻の如き冷淡さで優馬の死を悼《いた》む。

俺はいつもこうだ、いつもこうなんだ、最期の最期までこうなのか、と優馬は報《むく》われない自分の人生を痛感した。

「小野優馬、連れて参る」

死神の大きなカマが優馬の首を刎《は》ねた。

シャッ。

これで終わり。

人生の幕が下りた。

いや、優馬の首と胴体は繋がっている。まだ肉体は公園にいる。どうやら、死神の大きなカマで喉に詰まっていた大福が取り除かれたらしい。

「……あ？」

ようやく、優馬は声が出せた。

けれども、優馬の身体の周りは灰色の煙で覆われている。単なる煙でないことは尋ねなくてもわかった。

「小野優馬、根《ね》の国に参るぞ」

死神が口にした『根の国』が死後の世界であることも、優馬はなんとなくだがわかった。恐ろしくて確認したくもない。

「……神様、助けてくれ」

知らず識らずのうちに、優馬は神に縋っていた。財布には祖母からもらったお守りが常に入っている。

が、すぐに思い直した。

「……いや、助けてもらうだけじゃ駄目だ……今までと同じことを繰り返すだけだ……」

死神の背後になんとも形容し難い黒い穴がぽっかりと空いた。あれは死後の世界に続いているのだろうか。

優馬は目を閉じ、大声で叫んだ。

「……神様、弟子《でし》にしてくれーっ」

こんなところで俺は死ぬのか、こんなことで俺は死ぬのか、何をやっても上手くいかない俺らしい最期なのか、こんなことならさっき味噌汁付きの牛丼を食べておけばよかった、最期まで俺はついていない、和菓子屋のおばちゃんからもらった大福を好きでもないのに無理して食ったのがヤバかった、と優馬は彼岸《ひがん》の彼方《かなた》に旅立った。

そう、死神に死後の世界に連れて行かれたのだ。

否《いな》、その直前、ふわりと身体が宙に浮いた。

……そんな感覚だ。

「月讀命《つくよみのみこと》、貴公《きこう》の出る幕はない」

死神が誰かに文句を言っている。

「呼ばれちゃったから」

とても甘い声の男が答えた。

「貴公が呼ばれたわけではない」

「救いを求められたら救わないと姉さんに怒られるんだ」

いったい何がどうなっているのか、と優馬は目を開けた。

天国でもなければ地獄でもない。

予想だにしなかった光景が広がっていた。

優馬は絶世の美青年とともに大きな龍に乗っていたのだ。その下はつい先ほどまでへたり込んでいた公園のベンチだ。

死神は大きなカマを持ち、宙《ちゅう》に浮いている。

「……へっ？」

優馬は何がなんだかわからない。どうして自分が大きな龍に乗っているのか。どうして自分の隣に絶世の美青年がいるのか。

「君、面白い子だね」

絶世の美青年に声をかけられ、優馬は惚けた顔で尋ねた。

「……お、お、俺は大福を喉に詰まらせて死んだんですね？」

どんなに目をこらしても、公園のベンチに自分の死体はない。ちょうど、ベンチの前を若いカップルが通り過ぎた。

公園は何事もなかったかのように静まり返っている。

「おや、君は死にたかったのかい？」

大きな龍は優馬が蹲っていたベンチの上をゆっくりとぐるぐる回る。絶世の美青年は慣れているらしいが、優馬は怖くてたまらない。

「……え？　え？　どういうことだ？　俺は大福が喉に詰まって死んで天国？　地獄？あなたも死神ですか？」

悪事を働いた覚えはないが、不運続きの自分が天国に行けるとは思わなかった。絶世の美青年は死神には見えないが死神なのだろうか。

優馬を迎えに来たという死神から発散される臭気が凄まじい。

「この麗しい私が死神に見えるのか？」

明るく光る金色の髪の毛、日本人離れした彫りの深い顔立ち、メスで整えたような目元、すんなりと伸びた手足、容姿に関しては褒め言葉しか出てこない。ただ、雰囲気がホストを連想させる。身につけているものは、黒系のスーツではなく、前衛的なデザインの服だ。いや、何かの資料で見た古代の装束《しょうぞく》だ。

「ホストに見える」

大きな龍に乗っていなければ、ホストにしか見えない。

「私がホスト？　私が美しすぎるからホストに見えるのか？」

よっぽど驚いたのか、長い睫毛に縁取られた綺麗な目が派手に揺れた。キラキラキラ、と周囲に金色の何かが飛ぶ。

「そちらの世界でもホストがいるんですね」

「言われてみたら、ホストができそうなのは私ぐらいかな。猿田彦《さるたひこ》もホストができる容姿だけど、固すぎてホストは無理だ。須佐之男《すさのお》もホストができる性格なら追放されていなかったのにね」

「……あ、あの？　わけがわからないんですが？」

　優馬の思考回路はショート寸前。

　まず、現在の状況を教えてほしかった。

「私に弟子入りを希望したのは誰？」

　弟子、というイントネーションが独特だ。

「……へ？　弟子入り？　……あ、神様の弟子になりたい、って叫んだ……確かに叫んだけど……財布の中の神様……」

　優馬は正気を保つために、ポケットに突っ込んでいた財布を取りだした。その中には祖母からもらった小さなお守りがある。

「うん、だから、私が来てあげたんだよ」

　それはうちの、と絶世の美青年は艶然と微笑みつつ、財布の中にあるお守りを差した。

キラキラキラ、と金色の空気が流れる。

いや、これがオーラというものだろうか。

よくよく見れば、絶世の美青年のみならず大きな龍も金色の薄いオーラに包まれている。常人の優馬でもそう感じ取った。

「……ま、まさか、ホストじゃなくて、ホスト神？」

ホスト神でもいい、チャラ男神でもいい、弟子にしてください、と優馬は血相を変えて縋りついた。

何せ、目の前では黒装束の死神が大きなカマを構えている。

「私はホスト神じゃない。月と夜を統治している」

月讀命、と華やかな美青年は楽しそうに名乗った。そうして、大きなカマを構えている死神に視線を流した。

「そういうことだから、優馬は私の弟子にする。異論はないね」

ピリピリピリッ。

月讀命の黄金のオーラと死神の灰色のオーラが拮抗《きっこう》する。

「月讀命、いくら貴公でも人の生死の変更は許されぬ。我が主がなんと申すか……」

死神の文句を遮るように、月讀命が甘い声でぴしゃりと言った。

「君の主は私の弟の須佐之男だ。あの子にどれだけ苦労させせられたと思っている。姉さんを引きこもらせた罪は今でも重いよ」

天照大御神《あまてらすおおみかみ》が私の姉さんだ、怒らせちゃ駄目だよ、と月讀命に耳打ちされ、優馬は口をあんぐり開けた。

そちらに疎《うと》い優馬でも、さすがに大御祖神《おおみおやがみ》として最も崇敬される『天照大御神』は知っている。信心深い祖母からよく聞かされた。

「過ぎたことを仰られても……」

「私は昨日のことのように覚えている。第一、あの子が父上から与えられた使命を果たさず、泣き続けたから低級神や魔物が生まれたんだ」

低級神や魔物の大半の責任は須佐之男だよ、と月讀命は形のいい唇で抉《えぐ》るように言った。

「月讀命、今日は引きますが、二度目はないと思ってくだされ」

黒装束の死神は忌々《いまいま》しそうに言うと、灰色の煙とともに音もなく消えた。

これらは一瞬の出来事で、優馬は瞬きをする間もない。ただ、無意識のうちに、祖父母からもらったお守りを握っていた。

お守りだとばかり思っていたが、ずっと包んでいた紙を外せば小さなお札《ふだ》だ。『月夜見《つきよみ》宮《みや》』と記されている。

「……月夜見宮の月讀命？」

「うん、君のお祖母ちゃんとお祖父ちゃんは伊勢《いせ》の姉さんのところや豊受《とようけ》さんのところや倭《やまと》ちゃんのところや猿田彦のところや、あちこち手当たり次第、お参りしたからわからなくなっちゃったんだよ。私のうちの『月夜見宮』と『月讀宮』も回ったみたいだし……」

まるで祖父母の伊勢参りを見ていたかのような月讀命の口ぶりだ。

確かに、優馬が聞いた限り、祖父母の二見浦《ふたみがうら》から始まる伊勢参りは年齢を完全に無視した強行軍だった。

「もう一度聞きます。ホスト神じゃなくて、この神様ですね？」

優馬は財布に入れていた小さなお札を突きだした。

「そうだよ。私は月讀命」

この子は春暁《しゅんぎょう》、と月讀命は大きな龍の名前を口にした。背後に浮かぶ幻想的なまでに美しい満月がしっくり馴染む。

「俺、本当なら今夜、死んでいたんですよね？」

「もうそんなことは考えちゃ駄目だよ。私の弟子なら前向きに」

「……はい」

神の弟子になるしか、不運の連鎖を断ち切る術《すべ》はないような気がする。死に物狂いで努力しても、報われないのはもうたくさんだ。

月讀命は艶然と微笑むと、金色に輝く髪の毛を一本、抜いた。

「これを育ててごらん」

月讀命が抜いた一本の髪の毛が金色の玉になる。

「……へっ？」

「私の弟子になりたければ育てなよ」

月讀命から金色の玉を差しだされ、優馬は困惑しつつも受け取った。ズシリ、と感じる重さが、幻覚でないことを如実《にょじつ》に物語っている。

「……あ、あの、育てる？」

優馬の脳裏を育成ゲームが過ぎった。

「そう、いい子に育てるのも、悪い子に育てるのも、君次第だ」

そういう性格なのか、語ることが許されていないのか、定かではないが、どうも月讀命は言葉が足りない。

「ちゃんと説明してください」

「名前をつけてあげると喜ぶよ」

ふふふふっ、と月讀命に微笑まれ、優馬は自分の手にある金色の玉をじっと見つめた。

玉だ。どこからどう見ても玉だ。玉、たま、タマ、と。

「……じゃあ、タマ」

安易なネーミングだが、それ以外、思い浮かばない。

「タマ？」

「玉だからタマ」

「じゃ、その名前でいいか、聞いてごらん」

月讀命の白い指は金色の玉を差す。

「タマ、タマ、タマ、タマ、タマ、タマでいいか？」

優馬はわけがわからないまま、歌うように金色の玉に向かって尋ねた。

パリッ。

金色の玉に亀裂が入る。

パリパリパリパリパリッパリンッ、という音とともに金色の玉が割れる。金色の粉が辺りに飛び散った。

「……え？」

金色の玉から出てきたものは小さな生き物。

黄緑色に近い緑色の蛇だ。

「……へ、へ、へ、蛇？」

優馬は真っ青になったが、月讀命は白い手を小刻みに振った。

「私の弟子なら龍を見間違えちゃ駄目だよ」

一瞬、月讀命が何を言ったのか理解できず、優馬は瞬きを繰り返した。

龍。

龍と言ったのか。

蛇ではないのか。

あの龍なのか。

「……龍？　龍？　龍？　ヤクザ物のドラマで鉄板入れ墨の龍？」

優馬は小さな生き物と自分が乗っている春暁という大きな龍を交互に見比べた。どうしたって、同じ生き物には見えない。

だが、注意して見れば、小さな生き物にはちゃんと小さな角がある。背びれもある。つぶらな瞳と視線が交差した。

「くぅおおおおおおおお～ん」

小さな龍がなんとも形容し難い雄叫びを上げる。

「……え？　龍なのか？　龍の玉……龍の卵だったのか？　俺が孵化《ふか》したことになるのか？　ええーっ？」

優馬の思考回路は無茶苦茶に作動したが、小さな龍は楽しそうに尻尾を振っている。

「くぉくぉくぅおおおおおおお～ん」

「優馬、この子を生かすも殺すも君次第だ。まず、名前を呼んであげなさい」

月讀命に促されるまま、優馬は小さな龍につけた名前を口にしようとした。

「……タ、タマ……いや、龍だったらタマはない……タマは猫……こんなに綺麗な緑色……透明みたいな黄緑色なのか？　……翡翠《ひすい》みたいだから、翡翠にしよう」

小さな龍をしげしげと眺めれば、叔父夫妻の香港土産《ホンコンみやげ》だった翡翠の置物を思いだす。母には翡翠のネックレスとブレスレットだった。

優馬は一呼吸置いてから呼びかけた。

「……翡翠、お前は翡翠、翡翠でいいか？」

優馬は小さい子供にするように、小さな龍を抱き上げた。高い高いをすると、嬉しそうに尻尾を振る。

「くぉくぉくぅおおおおおおおお～ん～くぉくぉくぅおおおおおおお～ん～くぉくぉくぅおおおおおおおお～ん」

翡翠という名前に満足してもらったと、その尻尾の降り具合でなんとなくわかる。優馬は泰然としている月讀命に視線を流した。

「……ということで、翡翠という名前にしました。師匠……っと、月讀命様、これでいいですか？」

「優馬、君にしてはいいネーミングだ。ただ、翡翠は君に蛇に間違えられて傷ついたらしい」

月讀命がしたり顔で肩を竦めると、翡翠の背びれが逆立った。

つぶらな目で睨まれている。

それは確かめなくても優馬にもわかった。

「……え？　あ？　ご、ごめん。俺は今まで龍なんて見たことがなかったから……」

　生まれたばかりでも理解できるのか、それが龍なのか、と優馬は度肝《どぎも》を抜かれた。

「くぅぉぉぉぉぉぉぉぉぉ～っ」

　ペチペチペチペチペチ、と翡翠の小さな尻尾で優馬は顔を殴られる。激痛ではないが、それなりに痛い。

「……痛ぇ」

　優馬は小さな尻尾から逃れることができない。

「優馬、君は翡翠と春暁を比べただろう。翡翠は腹が立ったらしいよ」

　月讀命に指摘された通り、優馬は翡翠と大きな龍を比べてしまったけれども、口に出した覚えはない。

「……え？　俺、言いましたっけ？」

「それぐらいわからなきゃ、私は高天原《たかまがはら》から追放されるし、翡翠だって龍として生まれられないよ」

　ふふふっ、と月讀命は意味深な笑みを浮かべた。

「……えぇ？　そんな、龍は人の心までわかるのかよ」

「くぉくぉくぅおおおおおおふぉぉぉぉぉぉぉぉぉぉ～っ」

　ペチペチペチペチペチペチペチペチッ、と翡翠の尻尾が優馬の頬を連打する。よほど、翡翠のプライドを傷つけたらしい。

翡翠と同じ色の気が辺りに渦巻いた。

「……ご、ごめん。俺が悪かった」

俺が悪かったことは認めるが、ここまで怒ることはないだろう、と優馬はつい心の中で文句を零してしまう。

その途端、翡翠から緑色の火を噴かれた。

ぶわーっ、と。

「……熱っ」

顔が焼ける。

優馬は慌てて顔を背け、手で覆う。

それでも、背中に緑色の火を食らい続けた。

背中が焼かれ、ただれる。

月讀命は翡翠を止めるどころか、声を立てて笑っていた。

「……た、助けてください」

優馬がやっとのことで声を出すと、ようやく翡翠の攻撃は止まった。どんなもんだ、と翡翠がふんぞり返っているような気がする。

「優馬、私のオーラの中にいなかったら危険だったよ」

顔と背中に火傷《やけど》を負ったと思ったが、なんの痛みもない。どうやら、月讀命が翡翠の攻撃を防御してくれたようだ。

「……は、はぁ……どうも……」

身体的なダメージはなかったが、精神的には凄まじいダメージを食らった。優馬は早くも翡翠に白旗を掲げる。

けれど、まだ翡翠の怒りは鎮まっていなかった。

「優馬、翡翠は己が龍神であることを証明する気らしい」

「……はっ？」

「翡翠にちゃんと掴まっているんだよ」

月讀命に言われるがまま、翡翠の小さな背に腕を回した。

その瞬間、翡翠は物凄い勢いで飛んだ。

星と満月が輝く夏の夜空を。

「……え？　えーっ？」

優馬の足下には夜空の海が広がっている。

「くぉくぉくぅおおおおおおおお～ん」

僕にだってこれぐらいできるんだい、と翡翠がドヤ顔で言っているような気がした。翡翠と同じ緑色の空気が渦巻く。

「……っ……ちょっと待てーっ」

翡翠に掴まっていたが、何分にもまだ小さい。月讀命が乗っていた春暁のように背に座ることはできないのだ。

結果、優馬は飛び回る翡翠からずり落ちた。

「やべっ」

いや、すんでのところで翡翠の小さな身体に腕を回す。この高さから落ちたら、一溜《ひとた》まりもないだろう。

「……ひっ……ひっ……翡翠、わ、わかった……わかったからもう止まってくれ」

優馬は真っ青な顔で頼んだが、翡翠は勢いよく飛び続けた。あっという間に、優馬がよく知る街を離れる。

「くぉくぉくぅおおおおおおおお～ん」

何を思ったのか不明だが、翡翠は急降下したかと思うと、スカイツリーの上でぐるぐる回った。

「頼む、目が回る」

すでに優馬は生きた心地がしない。

「くぉくぉくぅおおおおおおおお～ん」

翡翠はビルとビルの隙間を自由自在に飛んだかと思えば、歩道橋の下をくぐったりする。

優馬の心臓は止まった。

当然、止まったかと思った。

止まらなかったのが不思議だ。

月讀命の弟子になったから、心臓が強くなったのだろうか。

「……う、うわっ、人に見られたっ」

歩道橋を歩いていた警察官の二人組と目が合った。

ヤバい、と優馬は焦ったが、警察官はまったく驚かなかったようだ。小さな龍と人間に気づかなかったのだろうか。

「……あ、あれ?」

翡翠はトラックの前を横切ったが、運転手にはなんの反応もない。こちらの異様な姿がわからないのか。

「……も、もしかしたら、翡翠の姿は見えないのか?　……お、俺も?」

よく見れば、翡翠と優馬の周りは緑色のオーラで包まれている。誕生したばかりでも、龍神の龍神たる所以か。

「くぉくぉくぅおおおおおおおお～ん」

いつしか、目の前に国会議事堂が迫っていた。

「……う、うわ、ぶつかる、ぶつかるーっ」

優馬の悲鳴を聞いているのか、聞こえないのか、どちらかわからないが、翡翠は国会議事堂に突進していく。

「くぉくぅおおおおおおお～ん」

「翡翠、そこはヤバい。やめてくれ」

翡翠は国会議事堂に体当たりした。

ひくっ、と優馬の息が止まる。

その寸前、方向転換して、皇居に進む。

優馬の息は止まったかと思ったが、動きだした。

「……翡翠、そっちはさらにヤバい。やめろーっ」

翡翠は優馬の言葉を無視する。

「くぉくぉくぅおおおおおおお～ん、くぉくぉくぅおおおおおおおおおお～ん」

翡翠は恐れ多くも皇居に突入。

直前、いきなり方向転換して、海のほうへ飛びだした。

「翡翠、お前は立派な龍だ。俺が悪かったーっ」

生まれたばかりなのにどうしてこんなにすごいんだ、と優馬は猛スピードで飛び回る翡翠に泣いた。心身ともに擦り切れる。

「くぉくぉくぉくぉくぉ～んおんおんおんおんおん～っ」

夜の海に浮かぶ船に、翡翠の雄叫びのトーンが上がる。

「翡翠、うちに帰ろう。うちに帰ろうぜ。一緒にメシ……カップラーメンしかねぇけど、一緒にカップラーメンを食おうぜ」

弟ばかり溺愛する両親に辟易《へきえき》し、大学進学を機に鎌倉の実家を出た。仕送りは微々たるもので、食費に金はかけられない。

「くぉくぉくぅおおおおおおおお～ん」

「うわーっ、夢なら早く覚めてくれーっ。夢、夢だ、夢に決まっているんだ、さっさと覚めろーっ」

これが現実とは思えない。こんな現実があるわけがない。優馬は翡翠に掴まりながら夢だと思い込んだ。

「くぉくぉくぅおおおおおおおお～ん」

翡翠は東京湾に浮かんでいる大型船に向かって突き進む。

「……や、やめろーっ」

翡翠が大型船に真正面から衝突した時、優馬の意識はどこかに飛んだ。これは夢なんだ、と思いながら。

夢だ。

全部、夢だ。

過労死寸前になるまで頑張っていたバイトを、突然、理不尽な理由でクビになったから変な夢を見たんだ。

チャラい月讀命も翡翠という龍もすべて夢だ。

「……もし、もし、大丈夫ですか？」

身体を思い切り揺さぶられ、優馬は目を覚ました。

「……え？」

心配そうに覗き込んでいるのは、袴姿《はかますがた》の青年だが、まったく見覚えがない。第一、周りの風景にも記憶がない。

本殿に鳥居《とりい》に手水《ちょうず》、どこかの神社の境内《けいだい》か。

「大丈夫ですか？」

優馬は自分が地面に寝ていることに気づいた。慌てて立ち上がろうとしたが、身体の倦怠感《けんたいかん》が凄まじくてよろめく。

その場で転倒しかけたが、すんでのところで踏み留まった。

「……あ、あの、ここはどこですか？」

白いシャツとジーンズ、黒の運動靴、昨日、身につけていたものだ。大学は夏期休暇中で、早朝から深夜までディスカウントショップでバイトをしていた。

「月夜見宮です」

優馬は聞き間違いかと思って自分の耳を疑った。

「……は？　月夜見宮？　いったいどこの？」

昨夜の夢、優馬の財布の中には祖母からもらった月夜見宮の小さなお札がある。

「伊勢の月夜見宮です」

優馬は東京で暮らしている。大学も解雇されたバイト先も東京だ。昨日、大福を喉に詰まらせた公園は自宅の近くだ。

なのに、どうして伊勢にいるのか。

「……伊勢？　あの三重県の伊勢？」

時間帯のせいか、土地柄か、空気がとても澄んでいて心地がいい。けれど、優馬は清冽な場に浸っていられない。

「そうです。あなたはここで寝ていらっしゃいました」

「俺がここで寝ていた？　そんなはずはない……え？」

いてはならぬのもの。

いるはずのないもの。

優馬は自分の右上に尋常ならざるものを見つけた。

緑色の小さな龍がふわふわふわと飛んでいる。夢の中、月讀命から授けられた金の玉より誕生した龍だ。

「……翡翠？」

優馬が掠れた声で呼ぶと、翡翠は嬉しそうに雄叫びを上げた。

「くぉくぉくぅおおおおおおおおお～ん」

優馬は慌てて袴姿の青年を見たが、まったく驚いていない。どうやら、翡翠が見えないようだ。

「あの、どうされました？　救急車を呼びますか？」

「……いえ、大丈夫です」

優馬は真っ青な顔で手を振った後、財布の中から小さなお札を取りだした。

「このお札はこちらのものですか？」

案の定、祖母がお札を購入した神社だ。月夜見宮という神社名の通り、月と夜を統治する月讀命を祀《まつ》っている。

優馬は何度も謝罪してから、ケヤキやスギに囲まれている月夜見宮を後にした。

夢だとしか思えない。

夢にしか思えない。

が、自分の右上を飛んでいる翡翠が、現実であることを如実に語っていた。

「……あ、翡翠、どうしてこんなところに来たんだよ」

昨夜、翡翠は伊勢の月夜見宮まで飛んだのだろう。卒倒した優馬を連れて。

「くぉくぉくぅおおおおおおおお～ん」

「……あ、そうか、翡翠にしてみればここがうちなのかな」

優馬は自分の言葉が間違っていたことに気づいた。翡翠が帰る場所は月讀命が鎮座《ちんざ》する神社なのかもしれない。

「くぉくぉくぅおおおおおおおお～ん」

「伊勢から東京までどうやって帰るか」

優馬はスマートフォンの地図を頼りに、最寄り駅である伊勢市駅まで辿り着いた。月夜見宮から近い。

問題はここからだ。

「くぉくぉくぅおおおおおおおお～ん」

僕に乗れよ、と翡翠がドヤ顔で言っているような気がする。小さな尻尾がぶんぶんと元気よく振られた。

「翡翠、お前が龍だっていうことはわかった。よくわかった。よ～くわかったから龍の証明はしなくてもいい。俺はお前と違って空のドライブは怖い」

あれが夢じゃなかったらもう二度といやだ、と優馬は真剣な顔で続けた。今、思いだしても命ギリギリ。

「くぉくぉくぅおおおおおおおお～ん」

「バイトをクビになったのに、東京までの交通費は痛ぇな」

昨日、夏期休暇中に励《はげ》むつもりだったバイトを解雇された。それも社長の悪口を吹聴したと誤解されて。

優馬には社長の悪口を言った記憶がない。ただ、同じバイトたちの話の輪に入っていただけだ。競うようにして社長を罵倒していたバイトたちは残る。

いいバイト仲間ができた、と喜んでいた自分の浅はかさに気づいた。

もっとも、こういったことは初めてではない。子供の頃から何をやっても上手くいかない。上手くいきそうになっても、必ず、駄目になる。誤解されることも多く、子供の頃から友人らしい友人はひとりもいない。何せ、代々、信じていた友人にいろいろとされてしまった。

「くぉくぉくぅおおおおおおおお～ん」

乗れよ、とばかりに、翡翠は尻尾でペチペチ、と優馬の頬を叩く。

「だから、どんなに交通費が痛くても、お前に掴まって東京まで帰るのはいやだ。勘弁してくれ」

優馬が険しい形相で頼むと、翡翠はペチペチ攻撃を止めた。ふわふわふわ、と雄叫びも上げずについてくる。

懐いたのか、優馬から離れようとはしない。

「腹、減ったな」

観光客と擦れ違うが、誰ひとりとして優馬の右肩に浮かぶ翡翠に気づかない。

テレビで見かける霊能力者が、数人の女性信者とともに伊勢市駅から出てきた。本物の力を持った霊能力者としてメディアでは絶賛されている。

うわ、あの霊能者だったら翡翠が見えるのか、ヤバい、と優馬は慌てて道を変えようとした。

しかし、一歩遅かった。

霊能力者の一行とばっちり目が合う。

逃げるぞ、と優馬は視線で翡翠に合図を送った。

けれど、霊能力者は何事もなかったかのように通り過ぎる。翡翠に気づいた気配は毛頭ない。

「伊勢には救いを求める霊が集まります。私は毎年、伊勢に呼ばれ、浄化しています。伊勢を守ることが私の使命です」

霊能力者はテレビの中と同じように、信者たちに視えざる世界について語っているようだ。

あれ、気づかなかったのか、と優馬は戸惑ったものの、騒動にならなかったのでほっと胸を撫で下ろす。

いや、翡翠がいる限り、安心してはいられない。

ガブリ、と翡翠に耳に噛みつかれる。

そのうえ、グイグイグイ、と引っ張られた。翡翠に逆らったら、優馬の耳がどうなるかわからない。

「……お、おい、どこに行く？」

翡翠は優馬の耳に噛みついたまま、伊勢市駅のコンビニに入っていった。

「翡翠、わかった、わかったから離せ」

優馬が宥めるように言うと、ようやく翡翠は耳から口を離した。

欲しいものでもあるのか、翡翠は珍しそうにきょろきょろしつつ、狭いコンビニの中をぐるぐる回る。

コンビニのスタッフや客は、伊勢銘菓《めいか》を見つめる翡翠に気づかない。

「翡翠、欲しいのか？」

優馬が小声で聞くと、翡翠は首をふるふる振った。どうやら、伊勢銘菓が欲しいわけではないようだ。

「……あ、翡翠はいったい何を食うんだ？　なんかの昔話で龍には人間の生け贄《にえ》？　人間を食うのか？」

魚にしてくれよ、頼むから魚にしてくれ、できれば鯛じゃない魚、と優馬はふわりふわり浮く翡翠に頼みこむ。

いつもと同じように鳴くだけだ。

翡翠は小さくても龍である。

それは優馬が身を以て体験した。

いつどこで見聞きしたか失念したが、遠い昔の日本では龍神に生け贄として人を献上したらしい。自然災害を鎮めるため、工事を完成させるため、なんらかの目的で、幼い子供を人柱にするということもあったはずだ。

翡翠は何を食べるのか、考えただけで優馬の背中に冷たいものが走る。

俺は神様の弟子になったんだよな、神様の弟子になったらマシになると思ったけどヤバいんじゃないのか、これからいったいどうなるんだ、と優馬は言いようのない不安を抱きながら切符を買った。

もっとも、これで不幸の連鎖が断ち切れる、と思い直したのは言うまでもない。いったいなんのために神様の弟子になったのだ、と。

楽しいことも満足に知らず、遊びらしい遊びもせず、二十歳そこらで嫌いな大福で死ぬなど、冗談じゃない。

翡翠は優馬の右上を飛んでいるか、膝で寝ているか、どちらかだった。決して優馬から離れようとしない。

さしたる問題もなく東京に到着する。

優馬が暮らしているのは、東京とは名ばかりの田舎だ。電車を乗り継ぎ、最寄り駅で下りた。翡翠は優馬の膝で寝ている。

優馬は翡翠を抱きかかえ、電車から降りた。

もっとも、他人から見れば優馬の手は不自然極まりないだろう。何せ、人の目に緑色の小さな龍は見えないのだから。

不審者に対するような視線を注がれ、優馬は足早に最寄り駅から出た。

「……メシ、マジに何を食うんだ？」

どんなに記憶の糸を手繰《たぐ》っても、冷蔵庫にはマヨネーズやソース、バターぐらいしか入っていない。安いラーメンやレトルトのカレーはあるが、翡翠が食べてくれるとは思えない。優馬は駅前のスーパーマーケットで足を止めた。

けれども、駅前のスーパーマーケットより、駅から遠いスーパーマーケットのほうがおしなべて安い。

交通費という手痛い出費をした後だ。優馬は翡翠を抱きかかえ、自宅と反対方向のスーパーマーケットを目指して歩きだした。

少し歩いただけでも汗が噴きだす猛暑日、どこからともなく、蝉《せみ》の鳴く声が聞こえてくる。

「翡翠、お前が龍だってことはわかったけど、生け贄は捧げられないからな。スーパーにあるものを食ってくれ。ただ人肉……じゃねぇ、鰻《うなぎ》とか、和牛とか、あんまり高いのは勘弁してほしい」

優馬は寝ている翡翠に切々と訴えかけた。

ふと、翡翠の抱き心地に違和感を覚える。

翡翠に視線を落とし、我が目を疑った。

腕には人間の赤ん坊がいる。

それも裸だ。

「……へっ？」

優馬は人間の赤ん坊を抱いたまま固まった。

前から若い母親と小さな子供がやってくる。

「ママ、赤ちゃんがいるよ」

小さな子供が優馬が抱いている赤ん坊を指で差すと、若い母親は慈愛に満ちた微笑を浮かべた。

「そうね。可愛いわね」

若い母親と小さな子供が通り過ぎても、優馬は石像と化していた。

「あらあら、暑いからって何も着せないのはよくないわよ」

花屋から出てきた中年女性が、優馬の腕で寝息を立てている赤ん坊を覗く。雑貨屋から出てきた中年女性は、素っ裸の赤ん坊に肌触りのいい大きなタオルをかけてくれた。

「若いパパね」

ポンポン、と肩を叩かれ、ようやく優馬は我に返った。

「……あ、あ、あ、あの、この子が見えるんですか？」

優馬の質問に、中年女性は腰を抜かさんばかりに驚いた。

「……まぁ、パパ、何を言っているの。可愛い子じゃないの。将来、モデルか俳優になりそうな子じゃない。楽しみね」

パパ？

いったい誰のことだ？

俺のことか？

パパなんて言われる覚えはない。

そう口に出すことさえできなかった。

「……は、はぁ」

何がなんだかわからない。まったくわからない。どうして小さな龍神が人間の赤ん坊になっているのだろう。

優馬は中年女性に礼を言ってからそそくさと離れた。

離れようとしたのだが。

「……うわっ、なんだよ、これ……」

赤ん坊がふにゃふにゃして、上手く抱けない。落としそうになって、優馬は慌ててそばにあったベンチに座り込んだ。

「……おい、俺は翡翠を抱いていた。お前は誰だ?」

赤ん坊は安らかな寝息を立てている。寝顔は天使のように愛らしいが、今の優馬は癒やされない。

「翡翠じゃないのか? お前は人間か? 翡翠はどこに行った?」

優馬の切羽詰まった質問に対する答えか、緑色の空気が渦巻くや否や、安らかな赤ん坊は瞬く間に緑色の小さな龍になった。

そんなことがあるはずない。目の錯覚だ。

……違う。

目の錯覚ではない。

「……翡翠？」

優馬が知る小さな龍だ。

けれども、すぐ、小さな龍は人間の赤ん坊になる。

「……え？　どうなっているんだ？　赤ちゃんは翡翠なのか？」

優馬の思考回路が複雑に交錯すると、パチリ、と赤ん坊の目が開く。

優馬と視線が合った。

「ばぶぶっ」

赤ん坊は屈託のない笑顔を浮かべ、小さな手足を振った。

「……翡翠？」

「ばぶぶぶぶっ」

バタバタ動く小さな足の間に、優馬は自分と同じものを見つける。男の子だということは判明したが、それ以外は霧の中。

「翡翠、どういうことだ？」

俺にわかるように説明してくれ、と優馬は赤ん坊のつぶらな瞳をじっと見つめた。

「ばぶぶぶぶぶぶぶっ、ばぶーっ」

小さな龍の言うことは理解できなかったが、赤ん坊の言うことも理解できない。優馬は天を仰いだ。

さんさんと照りつける太陽。

月讀命が統《す》べる月ではない。

「……月讀命、これはいったいどういうことですか？　ちゃんと説明してくれませんか？弟子を指導するのは師匠の勤めじゃありませんか？」

優馬は何度も麗しい神を呼んだが、一向に現れる気配はない。やはり、夜でないと現れてくれないのだろうか。

月讀命の代わりに、翡翠が元気よく答えた。

「ばぶっ」

「龍だったら見えないけど、人間だったら見えるんだな？」

「ばぶぶっ」

「龍だったら服はいらないけど、人間だったら服はいるな」

いくら真夏の猛暑日とはいえ、裸体のままにしたら虐待《ぎゃくたい》と思われかねない。

「ばぶぶぶぶぶーっ」

「龍だったら持てるけど、人間だったら持てねぇ」

なんでそんなにふにゃふにゃしているんだ、と優馬は翡翠のぷっくりとした頬を撫でた。

小さな手足も腹部も怖いぐらい柔らかい。

「ばぶーっ、ばぶーっ、ばぶぶぶぶーっ」

翡翠は楽しそうにはしゃぐが、優馬の気分はどんよりと重い。背中に鉛《なまり》の十字架を背負わされたようだ。

「おい、翡翠、本当に人間の赤ちゃんになったのか？　自分で歩けねぇか？　昨日、俺を連れて飛び回ったことを思いだしてくれよ？」

優馬が泣きそうな顔で覗き込むと、ゴツッ、と翡翠の小さな足が当たった。それも優馬の顔に。

「……痛ぇ」

翡翠の小さな足から繰りだされるキックの威力はなかなかだ。

「ばぶーっ」

翡翠が凛々しい顔つきで手足をバタバタさせた時、背中越しに男たちの罵声が聞こえてきた。

「疾風《はやて》、今回ばかりは許さねぇ。覚悟しろ」

「疾風、ヤクザのガキが大学なんて行ってどうするんだ」

「詫びを入れないなら死ねーっ」

優馬は恐る恐る背後に広がる駐車場に視線を流した。人相の悪い若い男たちの乱闘が繰り広げられている。

いや、ひとりの長身の男を大勢の男たちが取り囲んでいる。

リンチか。

リンチなのか。

「……う、うわ……ひとりによってたかって……」

優馬は自分も孤立していじめられた経験があるせいか、大勢でひとりを攻撃するのは反吐がでるくらい嫌いだ。

ひとりふたりさんにん、と優馬は翡翠を抱いた体勢で人数を数えた。

長身の男はひとりで十三人も相手にしている。そのうえ、十三人の男たちの手にはサバイバルナイフやジャックナイフなど、凶器が握られていた。

どんなに楽観的に考えても、長身の男に勝ち目はない。

「……ヤバい……警察……」

優馬がスマートフォンを取りだすと、翡翠が手足をバタバタさせて暴れる。

「……うわっ、落ちる」

優馬は慌てて翡翠を抱き直した。

いや、掴み直した。

その拍子にズリッ、とベンチから滑り落ちる。

「……うっ」

優馬は地面に尻餅をついたが、掴んでいた翡翠は無事だ。

「ばぶぅ～っ」

翡翠は楽しかったらしく、屈託のない笑顔ではしゃぐ。

優馬は体勢を立て直し、ベンチに座ろうとした。……が、できなかった。なんのことはない、翡翠が愛らしい笑顔で暴れ続けたからだ。

「……お、おい、暴れるな」

翡翠がおとなしくしない限り、警察に通話できそうにない。多勢に無勢、長身の男は大丈夫か。

ドカッ、と長身の男はプロレスラーのような大男を駐車場の壁に向かって投げつけた。強い。

強いが、背後に回った赤毛の男がジャックナイフを振り下ろす。

危ない、と優馬が声を上げた瞬間、長身の男はジャックナイフを蹴り飛ばしていた。圧倒的な強さだ。

「……あ、あれ？　あいつは諏訪……諏訪疾風じゃないか？」

優馬はひとりで十三人も相手にケンカしている男に見覚えがあった。同じ常盤学園大学の三年生である諏訪疾風だ。名門と謳《うた》われる常盤学園には珍しく迫力がありすぎる男で、誰もが怖がって近寄らなかった。

当然、優馬は一度も言葉を交わしたことがない。目を合わしただけで暴力を振るわれる、半殺しにされる、失明させられる、因縁《いんねん》をつけられたら終わりだ、と学生の間では真《まこと》しやかに囁かれていた。

「……そういや、諏訪疾風って、ヤクザの息子だの、暴走族のトップだの、カラーギャングのトップだの、どこかの誰かを病院送りにしただの、どこかの組織を壊滅させただの、恐ろしい噂を聞いたな」

噂通りというのか、疾風は凶器を持った男たちを次から次へと素手で倒していく。強いなんてものではない。

血を流しているのは疾風ではなく、周りで殺気立っている男たちだ。

「……疾風、覚えていろっ」

敵わないと悟ったのか、疾風を取り囲んでいた十三人の男たちは逃げていった。呆気ない幕切れだ。

ふっ、と疾風が馬鹿らしそうに鼻で笑ったような気がした。

「ばぶばぶばぶっ、ばぶーっ、ばぶぶぶぶーっ」

何を思ったのか不明だが、翡翠が一際甲高い声で雄叫びを上げる。

疾風がベンチの下でへたり込んでいる優馬と翡翠に気づいた。

怖い。

マジに怖い。

一瞬、疾風の鋭い双眸に優馬は怯える。

が、疾風への恐怖より、わけのわからない翡翠への不安が大きかった。翡翠に比べたら疾風はまだわかるからいい。何せ、疾風は生身の人間だ。

「……諏訪、諏訪疾風、諏訪疾風だな？　お前と同じ常磐のリベラルアーツ学科の小野優馬だ」

優馬が真っ青な顔で声をかけると、疾風は鋭い目をさらに鋭くさせて軽く頷いた。常磐学園大学の若い講師も怯えていたが、疾風の迫力は尋常ではない。

「諏訪疾風、頼む、助けてくれ」

この際、ヤクザだろうがヤンキーだろうが縋るしかない。どうしたって、優馬は翡翠を抱えて立ち上がれないのだから。

無視されるかと思ったが、疾風はのっそりと近づいてきた。

「どうした？」

「こいつ、持ってくれ」

優馬は自分の膝でバタバタしている翡翠と疾風を交互に見つめた。

一瞬、ふたりの間に珍妙な沈黙が流れる。

妙な静寂を破ったのは、ほかでもない優馬だ。

「こいつ、ふにゃふにゃして持てない。持ってくれ」

疾風に鋭敏な目で凝視されても、翡翠は泣いたりせずに、無邪気な笑顔を浮かべている。挨拶代わりか、手足のバタバタがさらに激しくなった。

「……お前の子か？」

疾風の表情はこれといって変わらないが、戸惑っているような気配があった。

「まさか」

「どうしたんだ？」

「もらった」

優馬は馬鹿正直にありのままを告げる。

「……もらった？」

疾風のシャープな顔が凍りつくが、優馬は上手い作り話ができない。さすがに月讀命に関し、口から飛びだすことはなかった。真実を包み隠さず明かしても、疾風は信じてはくれないだろう。優馬も信じてもらう自信がない。

「もらったんたけど、持てねぇ」

「どこかのガキを押しつけられたのか？」

疾風は疾風なりに赤ん坊がいる理由を考えたようだ。

「そういうんじゃない」

押しつけられたわけじゃない、もらったんだ、あれは押しつけられたのか、チャラ男神がどこかのチャラ女に産ませた子供か、と優馬の脳裏に金色の吹雪が吹く。

「どこの女だ？」

タチの悪い女に引っかかったな、と疾風の目は雄弁《ゆうべん》に語っている。

「男だ。チャラ男」

「チャラ男か」

チャラ男がどこかの女に産ませた子供を押しつけられたのか、と疾風は解釈したようだ。

「なぁ、どうして赤ちゃんはこんなにふにゃふにゃしているんだ？」

龍の赤ん坊はそれ相応の硬さがあったが、人間の赤ん坊はどこもかしこも柔らかい。優馬は龍と人間の差に戸惑った。

そんな場合ではないというのに。

「俺が知るわけねぇだろ」

「諏訪疾風っていえば、あちこちの美人に子供を産ませた、って聞いたぜ」

疾風は中学生でファッションモデルを妊娠させただの、高校生でグラビアモデルと同棲しただの、スキャンダラスな噂も事欠《ことか》かない。

「それはガセ」

「子供はいないのか？」

「ああ」

「きっとどこかにひとりぐらいいるぜ」

大学の食堂で聞いた記憶があるが、銀座のホステスと六本木のキャバクラ嬢による疾風の取り合いの噂がすごかった。ふたりとも同時に妊娠したはずだ。

「おい」

「お前はもうオヤジだ……だから、教えてくれ。赤ちゃんに骨はないのか？」

優馬は強引に疾風を父親にした。龍の赤ん坊は抱けたが、人間の赤ん坊は抱けない。

「あると思うぜ」

「諏訪疾風……疾風、って忍者みたいでかっこいい名前だな。忍者みたいに強かったら楽だった。疾風、って呼んでもいいか？」

警察に通報する前に十三人もいた奴らが逃げていった。すげぇな。俺もお前みたいに強かった。

自分でもわけがわからないが、優馬は知らず識らずのうちに虚《うつ》ろな目でつらつらと零していた。まず、冷静な時なら疾風相手にこんな口は叩かない。

「……あぁ」

追い詰められている優馬に思うところがあったのか、疾風は低い声で承諾する。

「疾風、こいつの育て方がわからねぇ」

「何か着せたほうがいいんじゃないか？」

疾風の視線の先はパタパタ蠢《うごめ》く翡翠の足だ。彼の鋭敏な双眸は翡翠の性別の象徴を確認している。

「赤ん坊の服ってどこに売っているんだ？　赤ん坊って何を食うんだ？　俺と一緒のメシでいいのか？」

龍の食べるものもわからないが、赤ん坊の食べるものもわからない。優馬の周りに赤ん坊はいなかった。

「俺に聞いてもわかるわけねぇだろ」

「カップラーメンを食うと思うか？」

優馬が焦点の定まらない目で聞くと、疾風はスマートフォンを取りだした。検索してくれるらしい。

「……赤ん坊なら母乳か？」

疾風は検索結果からひとつの答えを導きだした。自然に優馬の脳裏には赤ん坊に母乳を飲ませる母親が浮かんだ。

「俺におっぱいは出ない」

優馬が真剣な顔で言うと、疾風は凜々しい眉を顰めた。

「それは俺も知っている」

「お前はおっぱいが出るのか？」

優馬は固い筋肉で覆われた疾風の胸を見つめた。シャツ超しでも、その胸板の厚さはわかる。優馬も中学校卒業まで水泳や剣道をやっていたが、さして筋肉はつかなかった。

「落ち着け」

疾風が普段纏っている刃物のようなムードが崩れた。

その拍子に翡翠が疾風の小指を小さな手で握る。

「おっぱいなんてどうしたらいいんだ？」

「俺に聞くな」

疾風は一呼吸置いた後、髪の毛を掻きながら言った。

「赤ん坊の着るものとか、おむつとか、ないのか？」

「まったくない」

「なぜ？」

疾風に胡乱な目で尋ねられ、優馬は昨夜の出来事を思いだした。月讀命の髪の毛が金色の玉になったのだ。

「玉でもらった……いや、すっぽんぽんのままでもらった」

「ドラッグストアに赤ん坊を連れていって、必要なものを一式揃えてもらえ」

近くには日用品や食品も取り扱っているドラッグストアがあった。優馬が知る限り、トイレットペーパーと好きなメーカーのポテトチップスはどこよりも安い。

「疾風、一生のお願い」

ついてきてくれ、と優馬が口に出さなくても、疾風には通じたようだ。何せ、翡翠もちゃっかりと疾風の小指を小さな手で掴んでいる。優馬だけでは心許ない、と翡翠は翡翠なりに判断したのだろうか。

「……わかった」

恐ろしい噂しか聞かなかった同級生の助けに、優馬は目をうるりと潤ませた。

「……あ、ありがとう。助かる」

「礼を言うのはまだ早い」

「……え？」

「これをどうやって運ぶんだ？」

これ、とは疾風の小指を掴んでいる赤ん坊だ。

「俺は持てない。持ってくれ」

なんのためにお前に声をかけたんだ、と優馬は堂々とふんぞり返った。翡翠は疾風に抱かせる気満々だ。

「俺にも無理だ」

「お前にも無理か？」

「ああ」

「……あ、どこかに段ボールが落ちていないか？」

優馬は大きめの段ボールに翡翠を入れて運ぶことを思いついた。

「やめておけ」

「コンビニで買い物籠を借りるか」

翡翠を買い物籠に入れて運ぶ手もある。確か、付近に生鮮食品も取り扱っているコンビニがあったはずだ。

「やめておけ」

「じゃあ、どうやって運べばいいんだ？」

「お前が覚悟を決めて運べ」

「無理」

優馬は誰もが恐れる男に向かって凄んだ。おそらく、常磐学園大学の学生で疾風を睨んだ者はひとりもいなかったに違いない。

「お前、この俺に……いい度胸《どきょう》だ」

疾風は鋭い目を細め、口元を軽く歪めた。それだけで周りの空気が変わる。今にも刃物が飛びだしそうな迫力だ。

今の優馬は刃物より翡翠が怖い。

「褒めてくれてサンキュー」

優馬があっけらかんと言うと、疾風は諦めたように軽い息を吐いた。

「……俺が右から持つから」

疾風は右から翡翠の身体に手を伸ばした。

「じゃあ、俺は左から……離すなよ」

「ああ」

「離すなよ」

タオル超しでもふにゃふにゃしていることは明確にわかる。そっと触ってもふにゃ、力を込めてさわってもふにゃ。

無意識のうちに、優馬の腰は引けていた。

「おい、離しているのはお前だ」

「……うっ……こいつ、ふにゃふにゃしすぎなんだっ」

「もう一度、包み直せ」

疾風の支えがなければ、完全に翡翠は地面に落ちていただろう。

「ぐるぐるに包むか」

「息ができるように包め」

優馬と疾風は翡翠を大きなタオルで包み直し、ふたりがかりで運んだ。例によって、翡翠は手足をバタつかせる。

「うわっ、翡翠、少しぐらいじっとしていろよっ」

「優馬、看板にぶつかる」

優馬はやんちゃな翡翠に気を取られ、目の前にラーメン屋の看板があることに気づかなかった。

「なんで、こんなところにラーメン屋の看板があるんだよ」

「ラーメン屋があるからだ」

「ラーメン屋がオープンしたんだな。とんこつか」

「お前が生まれる前にオープンしたラーメン屋だぜ……おい、足下に注意しろ。水溜まり」

疾風に渋面で注意され、優馬は水溜まりに気づいた。

「うわっ」

「そっちは壁だ」

優馬は方向感覚を失い、ヒビの入った壁に向かって歩いていた。

「げっ」

「おい、車」

疾風に憮然とした面持ちで指摘され、優馬は猛スピードで走ってくる車を確認した。どうも、運転手はスマートフォンを操作しながら運転している。

「疾風、走れ」

猛ダッシュ、と優馬は駆けだそうとした。

「止まれ」

疾風の地を這うような低い声で優馬は我に返る。

「……そうだな。ここは止まるべきだな」

「お前、平気か？」

「……たぶん」

疾風がいなければ、優馬は間違いなく翡翠とともに負傷していただろう。意外なくらい優しい疾風に感謝したことは言うまでもない。


ドラッグストアの薬剤師や三人の子持ちのスタッフが、翡翠に必要なものを一式、手早く揃えてくれた。

いかにもといった優しそうな主婦パートにあやされ、翡翠は楽しそうに声を立てて笑う。天真爛漫、可愛い笑顔だ。

「可愛い子ね。お名前は？」

淑やかな薬剤師に名を問われ、優馬は明確な声で答えた。

「翡翠です」

薬剤師のみならずほかのスタッフは、翡翠という名前に納得した。

「翡翠くん？　確かに、翡翠っていう名前にマッチするイケメンに育ちそうね」

「こんなに可愛い子なら子役デビューできるわよ」

女性陣に絶賛され、翡翠は反応するように声を上げた。

「ばぶっ、ばぶぶーっ」

すでに翡翠は自分の名前を理解しているのかもしれない。つぶらな目がキラキラしている。

タマから翡翠に改名してよかった、と優馬はほっと胸を撫で下ろした。

もっとも、優馬にのんびりしている暇はない。

「さぁ、優馬くん、おむつよ。うちの主人はひとりめの時はおむつの交換ができなくて使い物にならなかったけど、三人目の時は上手くやっていたわ。要は慣れよ」

三人の子持ちの主婦パートに、紙おむつの山を指された。優馬は救いを求めるように疾風を見つめた。

けれど、疾風は無言のまま視線を逸らす。

未だかつてない試練が始まる。

翡翠の小さな足がバタバタ動くからおむつが上手くできない。

「……お、おい、翡翠、動くなーっ」

優馬が険しい形相で凄んだ途端、翡翠は鬼のような顔で手にしていたパンダのぬいぐるみを振り回した。

ボスッ、と優馬の顔面にパンダのぬいぐるみがヒットする。

「あらあら、怒っちゃ駄目よ」

子育てを終了したスタッフたちにいっせいに言われ、優馬の顔が引き攣った。翡翠のじっとしない手足をどうしたらいいのだろう。

「俺も怒りたくありませんが、翡翠にどう言ったらわかってもらえますか？」

「翡翠ちゃんにはまだ言葉は通じないわよ」

「じゃ、どうしたらいいんですか？　翡翠はおむつを拒否していますよ？」

優馬が翡翠を睨み据えた時、シューッ、という音がした。

びしゃっ、優馬の顔にかかる。

「……え？」

一瞬、何が起こったのか、優馬は理解できなかった。

いったい何が飛んできたのか。

ちーっ、と何かが顔目がけて飛んできている。優馬は目を開けていられない。ただ感覚的に周りのスタッフが遠のいたことはわかった。

「あらあら、男の子のおしっこは飛ぶのよね。翡翠ちゃん、元気がいいわね」

周りにいるスタッフたちは笑ったが、優馬は愕然とした。今現在、顔にかけられているものは翡翠のおしっこなのか。

「……お、おしっこ？」

優馬が目を開けると、ピタリ、と翡翠のおしっこは止まった。けれども、辺り一面、無残にもびしょ濡れだ。

「男の子にはよくあることよ」

スタッフにタオルを渡され、優馬は奥の洗い場で顔を洗わせてもらう。未だかつてないダメージを受ける。

どうして俺がこんな目に、これが神様の弟子の修行か、と優馬の中に月讀命に対する怒りが込み上げてくる。

憎い。

麗しすぎるチャラ男神が憎い。

が、いつまでも悠長なことはしていられない。

子育てに『待った』はないのだ。

優馬が悲愴感を漂わせて戻ると、翡翠はご機嫌で、スタッフからもらったパンダのぬいぐるみを振り回していた。

「ばぶばぶばぶっ」

翡翠の屈託のない笑顔に癒やされない自分が悲しい。優馬が紙おむつを手にしたまま固まっていると、仏頂面《ぶっちょうづら》の疾風に思い切り背中を叩かれた。

「慣れろ」

疾風のエールを受け、優馬は翡翠とのおむつの戦いに挑む。

「翡翠、お前が選ぶ道はふたつにひとつだ。ひとつ、神妙におむつをすること。ふたつめ、トイレに自力で行くこと。お前はどちらを選ぶ？」

優馬は右手に紙おむつを持ち、左手でトイレを指した。疾風を始めとする周囲の面々は呆然としているが、優馬はいたって真剣だ。

「ばぶばぶばぶっーっ、ぶーっ」

通じているのか、通じていないのか、定かではないが、翡翠はちゃんと優馬の言葉に呼応する。

「お前はまだ立てない。歩けないだろう。結果、お前はトイレで用は足せない」

「ばぶばぶっぶばぶっーっばぶばぶばぶっーっ」

「翡翠、お前が選ぶ道はひとつしかない。神妙にお縄《なわ》につけ……じゃない、おむつをしろ。おむつをさせてくれ」

むんず、と優馬は翡翠の小さな足を掴んだ。

掴もうとしたが、すんでのところで逃げられる。

「ばぶっ」

当然のように、小さな足で蹴られる。

「翡翠、こんな蹴りで俺を倒そうなんて百年早い」

「ばぶばぶっ」

優馬と翡翠の間で火花が散った。

けれども、優馬の手のほうが翡翠の小さな足より早かった。素早く掴み、薬剤師の指示に従っておむつをする。

冷房が効いているにも関わらず、汗はダラダラ流れ、身につけていたシャツはびしょびしょだ。

「よし、翡翠、この感覚を忘れるな。おむつがいやなら一日も早くおむつを卒業してくれ」

「ばぶっ」

翡翠は元気よく足をバタバタさせたが、おむつは外れそうにない。

勝った、と優馬は微妙な勝利感を噛みしめた。

いや、戦いにも似た試練はまだまだ続く。

「翡翠のメシですが、俺には翡翠におっぱいをくれそうな人に心当たりがありません。薬剤師さん、翡翠におっぱいをくれますか？」

　優馬が真面目な顔で頼むと、薬剤師は苦笑を浮かべた。

「いくら爽やかなイケメンでも、それをほかの女性に言っちゃ駄目よ。セクハラ、って騒がれるわよ」

「そうなんですか？」

「そうよ。セクハラよ」

「薬剤師さん、おっぱいは出ないんですか？」

　優馬はこれ以上ないというくらい真摯な目で薬剤師を見つめた。実家の母に頼んでも、無駄だということは尋ねなくてもなんとなくわかっていた。何より、実家の母には明かせない。

「出ないわよ」

　薬剤師は笑いながら手を振ったが、どうにもこうにも優馬は釈然としない。

「絞っても？」

「出ないわ」

「そっちのお母さんスタッフさんたちも？」

　優馬が周りにいる女性スタッフに視線を流すと、それぞれ声を立てて笑った。疾風まで苦笑を漏らしている。

「私もおっぱいが出たら翡翠ちゃんにあげたいんだけどねぇ」

「私も翡翠ちゃんにおっぱいをあげたいわ。でも、どんなに絞っても出ないわ」

どうしてこんなに爆笑されるのか、優馬はまったくわからない。ただ、今、周囲にいる女性たちから母乳がもらえないことはわかった。

そして、粉ミルクの存在を知る。

「あぁ、粉ミルク？　そういうのがあるんですか？」

翡翠の食事は当分の間は粉ミルクと離乳食だ。

食事が人間よりマシ、と優馬は離乳食のレクチャーを受ける。もっとも、離乳食を作る自信は毛頭ない。ドラッグストアの離乳食で間に合わせるつもりだ。

「優馬くん、ベビーカーはどうする？　系列会社のホームセンターなら今すぐ取り寄せられるわよ」

ベビーカーという手があったか、と優馬の視界が明るくなった。薬剤師が使ってくれるという社員割引を頼りにベビーカーも購入する。

特別なのか、どんなシステムになっているのか不明だが、系列のホームセンターのスタッフがサービスの玩具や水筒とともにベビーカーを持ってきてくれた。

「優馬くん、困ったことがあったらいつでも頼ってね。何時でもいいから声をかけて」

「優馬くん、思い詰めちゃ駄目よ」

「優馬くん、わかってあげてね。赤ちゃんの仕事は泣くことよ。夜泣きも大切な仕事よ」

新米パパに対する授業が終わった頃、ドラッグストアには夕陽が差し込んでいた。優馬はドラッグストアのスタッフに礼を言う。

いつしか、ベビーカーの中で翡翠はすやすやと寝息を立てていた。右手にはパンダのぬいぐるみ、左手には熊本県のゆるキャラのぬいぐるみがある。ほかにも、彦根県のゆるキャラや群馬県のゆるキャラなど、翡翠の周りはグッズだらけだ。

ドラッグストアを後にして、優馬はベビーカーを押しながら家路を進む。隣には迫力満点の疾風がいた。

しかし、すでに疾風に対する印象がガラリと変わった。無口で無愛想で迫力があるから、誤解されているのかもしれない。性根は意外なくらい優しい男だ。

「……うわっ、右なのに右に曲がらない」

優馬は慣れないベビーカーの操作に戸惑った。右に進みたいのに、ベビーカーは動かない。寝ている翡翠が何かしているのだろうか。何せ、翡翠が侮《あなど》れない赤ん坊ということはなんとなくだがわかる。

「……石」

疾風は淡々とした調子で、ベビーカーの進行を防ぐ石を排除した。

「……あ、石なんて転がっていたのか」

「段差がある。気をつけろ」

疾風に注意されていたにも関わらず、優馬は歩道の段差に引っかかった。

「うわっ」

ベビーカーが前のめり。

翡翠が顔から歩道に落ちる。

ヤバい。

その瞬間、疾風が腕力でベビーカーの転倒を止めた。

「優馬、気をつけろ」

「……あ、あぁ……助かった……すまん……」

「お前、意外とそそっかしいな」

疾風に呆れ顔で言われ、優馬は軽く笑った。

「お前、意外と優しいな」

優馬の言葉で、疾風は照れくさそうに口元を緩める。

「お前がガキを押しつけられたわけがわかる」

チョロい奴、と疾風は言外に匂わせている。

当然、疾風の憎まれ口など、今の優馬にはどうってことはない。本当に疾風には助かったから。本当にいやな奴を知っているから。

「俺、疾風が誤解されている理由がわかるぜ」

　優馬も一八〇センチを超す長身だが、疾風はさらに高いし、肩幅も広い。優馬は銀縁メガネをかけると冷たそうに見えるが、疾風はすべてにおいて迫力がある。優馬は口下手だし、不器用だが、疾風はそれ以上だ。

「誤解じゃない」

「誤解だろ」

「平和な生活を送りたければ俺に近づくな」

　疾風は風体の悪い男たちに囲まれたことを示唆しているのだろうか。いったい奴らは何者なのか。

「頼む、今日はうちまで送ってくれ。翡翠をベビーカーに入れぱっなしじゃヤバいかな？」

「ベッドかクッションに……」

「うちにクッションなんてものはねぇ」

　黄昏色《たそがれいろ》に染まった長閑《のどか》な街を歩いていると、優馬が住んでいるマンションが視界に飛び込んできた。ワンルームにしてはそこそこの広さがあるし、ユニットバスやトイレ、小さなキッチンもちゃんと備えられている。常磐学園大学の出身者がオーナーであり、入室者は常磐学園大学の生徒ばかりだ。近所にはコンビニや弁当屋、ベーカリーがあり、便利なこともあるが、なんといっても入室の決め手は家賃の安さである。

初老の管理人はベビーカーを押す優馬に驚愕した。

「……二〇一号室の小野優馬くんだね？」

初老の管理人の視線の先には翡翠がいる。

「……はい、すみません」

「この赤ん坊はどうしたのかね？」

至極当然の質問をされ、優馬は返答に困った。

「……ちょっと、そのちょっと……ちょっと……」

優馬の態度に思うところがあったのか、初老の管理人はしみじみと言った。

「一日も早く親御さんと話し合いなさい」

「……はい」

優馬は深々と一礼してから、管理人室を通り過ぎた。優しい管理人なので即座に不味《まず》いことになるとは思わないけれども。

今後を思えば安心してはいられない。

「疾風、うちは二階だ」

優馬はベビーカーを押して、エレベーターへ進んだ。

すると、ちょうど、エレベーターから隣室の住人が下りてくる。学部は違うが、同じ学年で、友人が多く、大学生活を謳歌《おうか》しているタイプだ。

「……優馬？　……ひっ」

隣人は優馬の隣に立つ疾風を見た途端、この世の終わりに遭遇したような表情を浮かべた。ガタガタガタ、と震えたかと思うと、涙ぐむ。

「……う、うわーっ」

隣人は出てきたエレベーターに戻り、ドアを閉めてしまった。すぐに鈍い音を立ててエレベーターが上がっていく。

これらはあっという間の出来事で、優馬は声を出す間もなかった。

隣人が狼狽《ろうばい》した理由は、優馬でもなければベビーカーの赤ん坊でもない。ロケットランチャーのような存在感を放つ男だ。

「疾風、今のは隣の奴なんだ。いったい何をした？」

隣人は私立の雄《ゆう》という常磐学園大学の冠を盾に、三日と開けず、女子大生と合コンを楽しんでいる。バイトに明け暮れている優馬とは雲泥《うんでい》の差だ。

「覚えがない」

隣人のような反応に慣れているのか、疾風は馬鹿にしたように、ふっ、と鼻で笑った。

「覚えがない？　知らない奴か？」

「ああ」

エレベーターは最上階まで上がり、ようやく止まった。優馬は気を取り直し、エレベーターのボタンを押す。

「疾風の噂を聞いて、ビビっているんだな」

隣人の態度も無理はないのかもしれない。何せ、疾風の評判は凄まじかった。人を寄せつけないから噂に尾鰭《おひれ》がついて広まったのだろう。

「俺の噂？」

「嘘だろ」

優馬があっけらかんと言うと、疾風はシニカルに口元を緩めた。

「八割は真実だ」

「……え？　クマを素手で倒したのか？」

疾風にはクマ退治と三つの暴走族を壊滅させたという噂が同じレベルで囁かれている。

思わず、優馬は疾風の大きな手を見た。

左手の甲には大きな傷跡がある。

「クマには覚えがない」

クマの噂は疾風も意表を衝かれたらしい。

「そうだよな。クマなんてどうやって素手で倒すんだ。いくらお前でも無理だと思うぜ」

クマが現れたら逃げろよ、と優馬が歌うように続けた時、エレベーターのドアが開いた。

中には誰もいない。

優馬はベビーカーを押し、疾風と一緒にエレベーターに乗った。

二階まですぐだ。普段ならばまず、エレベーターは使わない。

エレベーターから降り、廊下を進むと、階段から柔道部所属の屈強《くつきょう》な先輩が現れた。後ろには柔道部の後輩たちが続いている。今夜、部屋で酒盛りでもするのだろうか。

「俺が全国大会の決勝戦で……」

柔道部の先輩は後輩たちに意気揚々《ようよう》と自分の輝かしい成績を語っている。

だが、疾風の姿を確認した途端、蜘蛛《くも》の子を散らすように逃げていった。それぞれ、泣きそうな顔で。

あっという間の出来事だ。

その理由は確かめなくてもわかる。

「……柔道部？　柔道部だろう？　合コン命の男と一緒の反応か？　俺に偉そうに説教したのは誰だよ？」

優馬は呆気に取られたが、疾風は馬鹿らしそうに鼻で笑うだけだ。たぶん、よくあることなのだろう。

いや、もしかして何かあったのか。

「疾風、ひょっとして柔道部相手に何かやったのか？」

「いきなり、因縁をつけてきた奴らがいた。相手をした。それだけだ」

疾風の言葉は淡々としているが、優馬はその場が容易に想像できる。

「……あの柔道部の連中をやったのか」

すげぇな、と優馬は感嘆の息を漏らしつつ、玄関のドアを開けた。二階の端というなかなかいい場所だ。

ワンルームに帰っても、翡翠はベビーカーの中で寝ていた。パンダのぬいぐるみには涎《よだれ》がべったりとついている。

「寝ている。問題はどうやって起こさずに運ぶか」

優馬が縋るような視線を向けると、疾風は小さな溜め息をついた。靴を脱がずに退散する気だったらしい。

「疾風、まだ帰らせねぇ。手伝ってくれ」

誰が離すか、と優馬は真っ直ぐに疾風を見据えた。疾風は黒装束の死神のように大きなカマは持っていない。死神に比べたら可愛いものだ。

優馬の中で確実に何かの基本が崩れていた。

「お前、本当にいい度胸だな」

「泊まれ、とまでは頼んでいないだろう」

「……おい」

「本当は帰したくない」

疾風を凝視する優馬の目は血走っていた。自分ひとりで翡翠の世話をする自信はまったくない。

「…………」

「今夜、一緒に翡翠の夜泣きとやらに対処してくれるか？」

赤ん坊の夜泣き、という試練にどうすればいいのか、子育て経験者に聞いたものの、優馬には不安ばかり募る。

ドラッグストアの一番若い主婦パートは、赤ん坊の夜泣きが激しく、近所の住人から苦情が殺到し、いたたまれなくて引っ越したと聞いた。

今、優馬に引っ越しする余裕はない。

「今晩、用事がある」

どうやら、疾風は自宅に帰宅しなければならないらしい。

「帰したくないけど帰して……やらないとな……お前が帰ったら困るけど、帰さないとな……すっごく困るけどな……」

「…………」

「帰る前、頼むから翡翠をベッドまで運んでくれ」

結果、長身の男がふたりがかりで小さな赤ん坊をベッドに運ぶ。熟睡しているのか、起こさずにすんだ。

ようやく、優馬は一息つく。

もっと言えば、やっと自分を取り戻した。

「疾風、ありがとう。本当にありがとう」

優馬は改めてありったけの感謝を込めて疾風に礼を言った。どんなに感謝しても足りない気分だ。

「翡翠を押しつけた奴に連絡を取れ」

疾風はドラッグストアで購入した紙おむつやウェットテッシュ、粉ミルクや離乳食など、部屋に置く。スタッフからもらった熊本県のゆるキャラのぬいぐるみや、数々の玩具は寝息を立てる翡翠のそばだ。

「助かった。何から何まで本当にありがとう」

再度、優馬は深々と腰を折った。

「俺は誰ともつるまないが、小野優馬の噂は聞いたことがある」

何を思ったのか不明だが、おもむろに疾風が切りだした。

「どんな？」

「リベラルアーツ部リベラルアーツ学科の小野優馬は、礼も詫びもしない奴だって聞いていた。ルックスを鼻にかけた高慢ちき野郎……じゃないんだな」

礼を言ったつもりが伝わっていなかった、詫びたつもりが伝わっていなかった、馬鹿にしたつもりはないが馬鹿にしたことになっていた、と過去に往々《おうおう》にしてあったが、一匹狼タイプの疾風の耳に届くまで、噂になっていたとは知らなかった。優馬自身、悪い噂には尾鰭がつき、電光石火の早さで広まると知っている。『あんなの』や『あんな奴』と陰で呼ばれていることも気づいてはいたが。

「……俺はそんな風に言われていたのか」

傲慢に振る舞えるほどのルックスではない。それは優馬自身、よくわかっている。ただ整った顔と長身で悪目立ちするのだ。何より、優馬は自己嫌悪に陥るぐらい不器用だ。神様の弟子に志願した理由である。

「噂は当てにならないんだな」

「そうだな。悪魔より怖い疾風、お前も噂と全然違う」

優馬と疾風は視線を合わせると、どちらからともなく笑った。

あ、初めて疾風が笑った、初めてだよな、と優馬は無愛想な男の笑顔を凝視する。年相応の学生に思えた。

優馬の視線の意味に気づいたのか、疾風は照れくさそうに視線を逸らした。そして、ぶっきらぼうな口調で言い放った。

「とりあえず、夏休み中に翡翠のカタをつけろ。子連れで講義を受けるわけにはいかねぇ……いや……」

疾風は途中まで言いかけ、一呼吸置いてから言い直した。

「お前ひとりじゃ、カタはつけられそうにない。そのチャラ男の話し合いが決まったら俺に連絡をくれ。俺も同席する」

疾風は優馬が軽薄な男から翡翠を押しつけられたとばかり思っているのだ。それ故《ゆえ》の申し出である。

いい奴。

本当にいい奴だ。

自分でもわけがわからないが、優馬の涼やかな目からポロリ、と一粒の涙が溢れた。思いがけない人の優しさに触れたからかもしれない。

よくよく振り返ってみれば、未だかつてこんな優しさをかけてくれた者はひとりもいない。何人かいたものの、すべてなんらかの下心があった。ネズミ講だの、新興宗教の勧誘だの、ブラックバイトだの、詐欺グループへの勧誘だの、いろいろ。

友人だとばかり思っていた相手に裏切られた過去は辛かった。友人だと思っていたのは自分だけだったのだ。

「……あ……あ……あり……」

優馬は礼を言うことができず、深々と頭を下げた。

俺はこんなに涙もろい奴だったのか、と自分の涙に動揺する。どちらかといえば、いつでもどこでも涙を見せず、意地を張るタイプだったのに。

「馬鹿だな、何を泣いているんだ」

疾風は照れたように軽く口元を緩めると、スマートフォンの番号を教えてくれた。困ったことがあったらいつでも連絡しろ、という言葉とともに。

「疾風、ライン、ラインをしよう」

「俺はラインを入れていない」

疾風らしいのかもしれないが、今時、ラインを入れていない大学生は滅多にいないだろう。

「今すぐ入れろ」

優馬はその場で強引に疾風をラインに招待した。グループ名は『子育て仲間』だ。

「……おい、このグループ名はなんだ？」

「その通りだ。そのままだ。これから頼むぜ」

いつしか、翡翠の安らかな寝息が豪快な鼾《いびき》に変わる。まるで優馬が抱いているさまざまな不安を吹き飛ばすかのように。

疾風が帰った後も、優馬は翡翠の愛らしい寝顔を眺めた。

鼾ははっきり言って煩い。

が、耳を塞ぐほどではない。

チャラ男神からもらったから、明日になれば消えているかもしれない、という楽観的な思いを抱く。

何せ、予想だにしなかったことが続いた。

「……全部、夢だとチャラ男が言いそうだけどな」

今でも優馬は夢を見ているような気分だ。いや、昨日からずっと夢の中を彷徨《さまよ》っているような感覚だ。

物心ついて以来、不運と隣り合わせで生きている自分が、神様の弟子になったとは考えられないから。

神様の弟子 〜チビ龍の子育て〜

第二話

　この世に神がいたならば、あんな理不尽な思いはしなくてもすんだはずだ。この世に神がいたならば、陰湿な犯罪はなくなるはずだ。この世に神がいたならば、戦争はなくなるはずだ。どう考えても、この世に神がいるとは思えない。

　すなわち、この世に神はいない。

　神から金色の玉をもらったりはしない。その金色の玉から龍が誕生したりしない。龍の赤ん坊が人間の赤ん坊になったりしない。

　すべて夢だと思いたかったのかもしれない。

　けれど、翌日、翡翠《ひすい》の雄叫《おたけ》びで起こされ、夢ではないと確認する。

「ばぶばぶばぶーっ、ばぶばぶばぶーっ、ぶっぶっぶっぶーっ」

　ベッドでは翡翠が手足をバタバタさせ、優馬《ゆうま》はおちおち寝ていられない。

「夢じゃなかったのか」

「ぶっぶっぶーっ、ばぶぶぶぶぶぶぶぶっ、ばぶーっ」

　翡翠の甲高い声は確実に隣室や真上、真下の部屋に響いているだろう。遠からず、苦情が入るに違いない。

「……翡翠、頭に響く。頼むからもう少しソフトに」

チョンチョン、と優馬は翡翠のぷっくりした頬を人差し指でつつく。赤ん坊の頬ならではの感触だ。

「ばぶぶぶぶっ」

翡翠は優馬の人差し指を握ると、食べようとした。

「待て、これは食いもんじゃねぇ」

優馬は慌てて人差し指を引こうとした。

けれど、翡翠は優馬の人差し指を離さない。

「ばぶっ」

お腹が空いた、と翡翠に責められているような気がした。

「メシにする。まず、俺はトイレに入るからちょっと待っていろ」

優馬は翡翠に断ってから、トイレに入った。

その途端、トイレのドアの向こう側から獰猛な肉食動物の如《ごと》き咆吼《ほうこう》が響き渡った。

『ばぶぶぶぶぶぶぶばぶぶぶぶぶぶぶぶぶっばぶぶぶぶぶぶぶぶーっ』

いったいあれはなんだ。

未だかつてあんなものを聞いたことはない。

「……野獣？　怪獣？」

おそらく、野獣でもなければ怪獣でもない。

まさか、と優馬は血相を変えてトイレのドアを開けた。

案の定、マンション中に響くと思うぐらいの大音量の源は、ベッドの中にいる赤ん坊だ。

「ぶぶっぶぶっ、ばぶぶぶぶぶぶばぶぶぶぶぶぶっばぶぶぶぶぶぶぶぶぶぶぶぶぶーっ」

なんとなくだが、翡翠が自分を探しているのだと優馬はわかる。視界から消えたから怒っているのだろう。

「翡翠、トイレぐらい」

お前はどこの暴君だ、と優馬は頭を抱えたが、翡翠の非難は終わらなかった。

「ぶぶぶぶぶーっ、ばぶぶぶぶぶぶばぶぶぶぶぶぶぶぶぶぶっばぶぶぶぶぶぶぶぶぶーっ」

「翡翠、俺はここにいるから……駄目か、そんなに騒ぐな、追いだされるぜ。ここを追いだされたら引っ越し先は公園だ」

優馬は急いでトイレから出ると、翡翠が泣いているベッドに駆け寄った。こういう時、ワンルームは便利だ。

「翡翠、怒るな。俺だ」

優馬が顔を見せると、翡翠の雄叫びはピタリと止まる。

「ばぶっ」

僕を置いてどこに行った、と翡翠に咎められているような気がしないでもない。つぶらな瞳の威力はなかなかだ。

「頼む。トイレだ。トイレの間、我慢してくれ」

優馬は優しい声音で宥めると、翡翠は了解とばかりに返事をした。

「ばぶーっ」

「じゃ、ちょっと消えるぜ。泣くな」

優馬は翡翠のおでこを撫でてから、トイレに飛び込んだ。

その瞬間、翡翠のヒステリックな雄叫びが響き渡った。

『ばぶぶぶぶーっ、ばぶぶっぶっぶっぶぶぶばぶぶぶぶぶぶぶぶぶっぱぶぶーっ』

「……翡翠、わかってくれたんじゃなかったのかよ」

優馬はトイレの中でがっくりと肩を落としたが、もはやどうすることもできない。翡翠の雄叫びをBGMに用を足した。

母親が育児ノイローゼに陥る気持ちがよくわかる。

トイレから慌てて出ると、翡翠の顔は涎《よだれ》でドロドロになっていた。パンダのぬいぐるみも涎でびしょ濡れだ。

僕をおいていきやがったな、とばかり翡翠はパンダのぬいぐるみを優馬の顔目がけて投げる。

ポスン、と優馬の顔を直撃した。

「翡翠、そんなに怒るな」

優馬が犬と猫のぬいぐるみを持って動かすと、ようやく翡翠の怒りが収まり、無邪気な笑顔を浮かべる。

「ばぶっ」

翡翠が小さな手を伸ばしてきたので、優馬は犬と猫のぬいぐるみを持たせる。

「パンダのぬいぐるみは洗ったほうがいいよな？　ぬいぐるみって洗えるのか？」

優馬が涎でびしょ濡れのパンダのぬいぐるみを前に困惑していると、翡翠は小さな足をバタバタさせた。

「ばぶぶっ」

だっこ、とばかりに翡翠は優馬に向かって左右の手を伸ばす。

「……だっこ？　まさか、だっこか？」

「ばぶぶっ」

「だっこはハードルが高い。落としたらどうするんだよ」

「ばぶぶっ」

ヤバい、このままだっこを無視したらまた叫ぶ、と優馬は翡翠の表情を読んだ。これ以上、騒がせたくない。

「暴れるなよ。動くなよ。いいな？」

優馬は恐る恐るふにゃふにゃした翡翠の身体を抱いた。

「ばぶ〜っ」

翡翠はこれ以上ないというくらい嬉しそうで、見る者を蕩けさせるような笑顔を浮かべる。だっこにご満悦《まんえつ》だ。

可愛い。

可愛いけれども。

「翡翠、頼むから動くな」

そのうちいやでも慣れる、慣れるしかない、と昨日、ドラッグストアで子育て経験者にさんざん聞いたが、時間が経つにつれ、ふにゃふにゃする赤ん坊に対する恐怖が薄れていく。昨日ほど怖くはない。

優馬は翡翠を抱き、哺乳瓶で粉ミルクを飲ませた。

物凄い勢いで翡翠は粉ミルクを飲む。

げふーっ、というオヤジ顔負けのげっぷをした後、おかわりとばかりに空の哺乳瓶を優馬に差しだした。

「おい？　まさか、まだ飲むのか？」

翡翠の返事は豪快なげっぷだった。

「あれ？　こんなに飲ませていいのか？　飲まないよりマシか？」

優馬は悩んだものの、翡翠のためにミルクを用意した。

予想通り、翡翠は負けられない戦いに挑《いど》むかの如き形相で哺乳瓶を持つ。あっという間に、ミルクを飲み干した。

「すげぇ、腹を壊すなよ」

例によって、優馬の言葉に対する翡翠の返事はオヤジを凌駕《りょうが》するげっぷだ。満足そうに優馬の膝で眠る。

「ミルクを飲んだと思ったら寝た？　これが赤ちゃんか？」

優馬は呆気に取られたが、のんびりしていられない。翡翠が寝ている間に、マンションの一階にあるコインランドリーに行きたかった。

優馬は膝で寝ていた翡翠を抱き上げ、静かにぬいぐるみだらけのベッドに運ぶ。

よし、完全に寝ている、と優馬は確かめてから洗濯物を持って靴を履いた。暴君ならぬ赤ん坊は寝ている。

一階のコインランドリーの洗濯機に洗濯物を放り込み、スイッチを入れたら、戻ってくる。五分もかからないはずだ。

優馬はそっと玄関のドアを開け、閉じた。

やった、起きなかった、と優馬が走りだそうとした瞬間。

『ぶーっ、ぶーっ、ばぶぶぶぶぶばぶぶぶぶぶぶぶぶっばぶぶぶぶぶぶぶぶぶーっ』

玄関のドアの向こう側から、野獣の咆吼の如き翡翠の絶叫が聞こえてくる。僕をおいてどこにいった、と咎めているのだろう。

「……ぐっすり寝ていたくせに」

優馬が玄関のドアの前でがっくり肩を落とすと、隣室のドアが開き、隣人がひょっこりと顔を出した。

「……あの、優馬くん？」

未だかつて青春を謳歌している隣人に『くん』付けで呼ばれたことは一度もない。優馬は惚《ほう》けた面持ちで返事をした。

「……あ、はい？」

「……その……その……」

隣人らしからぬか細い声を掻き消す翡翠の絶叫が続いている。察するに、クレームか。

「……あ、煩《うるさ》いよな。すまない」

優馬が真っ青な顔で詫びると、隣人は死人のような面持ちで首を振った。そして、堰《せき》を切ったように捲し立てた。

「……め、滅相《めっそう》もない。優馬くんはあの諏訪《すわ》疾風《はやて》くんのお友達なんだね。あの諏訪疾風く

こ
とは言わないよ。謝る必要はないから……あ、俺のことをあの諏訪疾風くんにあれこれ言うのはやめてほしい……この通りだ。今まで悪かった。女にモテない嫌われ者、なんて馬鹿にして悪かった……ううん、俺が言ったんじゃない。ほかの奴らが言っていたんだよ。俺は君のことをそんな風に思っていないからね」

　隣人はペコペコと何度も優馬に頭を下げる。

　言うまでもなく、こんな低姿勢の隣人を見たことは一度もない。常に上から目線で優馬を見下していたはずだ。

　あぁ、疾風の噂を鵜呑《うの》みにしているんだ、疾風が怖いんだな、昨日のことで俺と疾風が友人だと思ったのか、かっこつけているけど、情けない奴だったんだな、と優馬は心の中で隣人に呆れ果てた。

「あぁ、疾風か」

　疾風、と優馬が呼び捨てにすると、隣人から発せられる恐怖の色が濃くなった。

「……あの諏訪疾風くん……あの、これからも諏訪疾風くんは……その……君の部屋にあの諏訪疾風くんをお招きするのかな？」

「駄目か？」

「……そ、そんなことは言っていない。お願いだから、あの諏訪疾風くんに告げ口するのはやめてほしい……俺はちゃんと大学を卒業したい……俺は浪人してやっと常磐に合格したんだ……」

ふと見渡せば、隣人だけでなく、その隣の住人など、二階に住んでいる学生たちが全員、玄関のドアから様子を伺っている。

誰ひとりとして、優馬に騒音の苦情は言わない。それどころか、視線を合わせようともしない。二階に住んでいる柔道部員は優馬に向かって頭を下げた。

どうやら、昨日のうちに、優馬が疾風を部屋に招いたことが知れ渡ったらしい。疾風に対する恐怖がそのまま優馬に向けられている。

馬鹿らしい。

馬鹿らしくてたまらないが、優馬は構ってはいられなかった。何せ、翡翠の雄叫びのボリュームが上がったから。

このままだとマンションだけでなく、隣のビルから苦情が入る。

「変な心配はしないでくれ。大丈夫だから」

優馬は宥めるように言うと、洗濯物を持ったまま自室に戻った。靴を脱いでいる間も、翡翠は大声で怒鳴っている。

「ばぶばぶぶっぶーっ、ばぶぶっぶぶっぶぶぶぶぶっぱぶぶぶーっぶぶぶぶぶぶぶぶーっ」

「翡翠、寝ていたんじゃなかったのかよ。洗濯ぐらいさせてくれ」

　優馬がベッドを覗くと、翡翠から犬のぬいぐるみをぶつけられた。怒髪天《どはってん》を衝《つ》いていることは明らかだ。

「ばぶぶぶぶぶぶぶぶばぶぶぶぶぶぶぶぶっぱぶぶぶぶぶぶぶぶぶーっ」

　どこに行っていたんだ、と翡翠の目は雄弁に詰っている。

「だから、ごめん、俺にも俺の用事があるんだ」

「ぶっぶっぶぶぶぶばぶっぶぶぶぶぶぶぶっぱぶぶぶぶぶぶぶぶぶーっ」

　僕をおいていくことは許さない、と翡翠に咎められているような気がする。優馬は凄絶なプレッシャーを感じた。

「翡翠、じゃあ、洗濯物はどうしたらいいんだ？」

　一日の睡眠時間が二時間という日々を続けていたから、洗濯物が溜まっている。衛生上、とてもよろしくないタオルを使い続けていた。

「ばぶっ」

「お前も一緒にコインランドリーに行くのか？」

「ばぶぶぶぶっ」

「コインランドリーなんて行ってもつまらねぇぜ。第一、じっとしてくれるか？」

「ばぶーっ」

優馬と翡翠の戦いは決着がつかず、平行線を辿ったまま時間が過ぎていく。あっという間に昼過ぎだ。

翡翠は旺盛な食欲を見せ、ミルクだけでなく離乳食もぺろりと平らげた。そのうえ、優馬が食べているカップラーメンにまで手を伸ばすから恐れ入る。

「翡翠、これは駄目だ。お前は食べられない」

赤ん坊にカップラーメンは言語道断、とドラッグストアで子育て経験者のスタッフは口を揃えた。

「ばぶーっ」

「お前、あんなに食ったじゃないか」

優馬のカップラーメンを諦めない翡翠に参る。

「ばぶぶっ」

小さな暴君と攻防戦を繰り広げていたら、カップラーメンは伸びてしまった。不味《まず》いなんてものではない。

それでも、翡翠の口にラーメンを入れることは阻んだ。

「翡翠、お前の根性はすげぇ」

優馬は翡翠の食欲に驚きつつ、ラインで疾風にメッセージを送った。もちろん、マンションの住人の言動は告げない。昨日の感謝と翡翠の胃袋についてだ。

どこで何をしていたのか不明だが、疾風は律儀《りちぎ》にもすぐに返事をくれた。『食べないよりマシだ』と。

「確かに、確かに、確かに食わねぇよりマシだけど、食い過ぎじゃねぇのか？」

食べ損ねたカップラーメンの代わりなのか、優馬の指を翡翠は舐める。ペロペロペロ、と。

「あぁ、離乳食をもうちょっと食うか？」

優馬は翡翠のプレッシャーに負け、新しい離乳食の蓋を開けた。

「ばぶーっ」

何を思ったのか不明だが、翡翠は床に放り放しにしていた定期入れを舐めた。

「……あ、それは定期入れだ。食えない。口に入れるな」

不味かったらしく、ぶっ、と不機嫌そうに定期入れを投げた。

「翡翠、ほら翡翠のメシはこっちだ」

こんな調子で何もできず、いつの間にか、夜を迎える。とうとう一歩も外に出なかった。

朝からずっとワンルームの中で翡翠とふたりきり。

夕食のミルクを飲んだ後、翡翠は優馬の膝で鼾を掻きだした。

「俺、何をやっているんだ？　これが神様の弟子の一日か？」

優馬はかつてない疲労感に苛《さいな》まれていた。講義とバイトで徹夜を三日続けた時でも、こんなにぐったりしなかったものだ。

カーテンの隙間から夜空が見える。

月讀命《つくよみのみこと》が支配する時間だ。

「あ〜っ、師匠、お月さん……じゃねぇ、月讀命様、これはなんの修行でしょうか？　やっぱり翡翠は月讀命がどこかの女に産ませた子供ですか？　弟子の俺に押しつけたんですか？　俺には翡翠を養う経済力がありませんよ？　そういや、幼馴染みに付き合って観た映画、一番偉いゼウスっていう神様のゲス不倫がすごかった……あ、そうだ、星座の多くはゼウスの不倫の証？　ゼウスの女好きはすごかった？　月讀命も？」

優馬が並々ならぬ悲愴感を漂わせ、夜空に浮かぶ月に訴えていると、スマートフォンの着信音が鳴り響いた。

一昨日、解雇されたバイト先で知り合ったバイト仲間からだ。いや、仲良くなって、仲間だと思っていた桜田卓也《さくらだたくや》だ。

「卓也？　今さらなんの用だ？」

腹立たしくてたまらなくて無視していたが、執拗に鳴り続ける。とうとう寝ていた翡翠が起きてしまった。

もっとも、人間の赤ん坊ではなく龍の赤ん坊として。

「くぅ〜んくぉ〜んくぉ〜ん」

「……え？　翡翠？　龍？　さっきまで人間だったよな？」

優馬は仰天したが、翡翠は楽しそうに頭上を回る。ただ人間の赤ん坊だった頃の名残か、愛媛県のゆるキャラのぬいぐるみを咥えていた。

「……ひょっとして、翡翠、お前はまだ自分でコントロールできないのか？」

どう考えても、翡翠が己で己の姿を選んでいるとは思えない。優馬が探るような目で聞くと、翡翠は部屋中に緑色のオーラを発散させた。

「くぉくぉくぉくぉくぅ～んくぉ～んくぉ～ん」

ストンッ、と優馬の頭上に愛媛県のゆるキャラのぬいぐるみが落とされる。

例によって翡翠のプライドを傷つけてしまったのだろう。

「翡翠、自分でコントロールできるなら人間の赤ん坊になってみろ」

優馬が言い終えるや否や、翡翠はベッドに沈んでいた和歌山のゆるキャラのぬいぐるみを咥えた。

ストンッ、と優馬の頭に和歌山のゆるキャラのぬいぐるみが落ちる。次いで、秋田のゆるキャラのぬいぐるみも落ちてきた。

図星だ。

翡翠は自分の意志で自分の身体を制御できない。

しかし、小さな龍神といえども、龍神であることは間違いない。凄絶な緑色の気を発し、ワンルームの空気が変わる。

翡翠の影響か、優馬は今まで視えなかったものが視えた。今まで聞こえなかったことも聞こえる。

「……え？　俺の目がおかしいのか？　翡翠か？」

ゴオオオオオオオッ、という吹雪のような音。

緑色の竜巻。

こんな中でもスマートフォンの着信音はしつこく鳴り続けている。

「……翡翠、わかった、わかったから」

優馬は洗濯機で脱水にかかっているような気がした。

「翡翠、お前は立派な龍神様だ。素晴らしい龍神様が、こんな狭苦しいところで力を出すもんじゃない」

優馬の決死の説得を聞き入れてくれたのか、ようやく翡翠はおとなしくなる。緑色の竜巻が消えた。

「……助かった」

逃げるように手を伸ばした先にスマートフォンがある。この調子なら出るまで鳴り続けるに違いない。

「翡翠、電話に出るからちょっと待っていてくれ」

最後に一言ぐらい嫌みを言ってやるか、と優馬は桜田に応対した。

「もしもし？」

『優馬、よかった。よかった。出てくれて。本当にすまない。俺もどうして優馬がクビになったのかわからないんだ。あんなに一生懸命仕事していたし、社長も気に入っていたのに……助けられなくて悪かった』

スマートフォンの向こう側で、卓也がどんな顔をしているのかわからないが、言い訳を捲し立てる。

その手には乗るか、もう騙されない、と優馬は身構えた。

「それで？　なんの用だ？」

『そんな冷たいことを言わないでくれ。俺とお前の仲じゃないか』

俺とお前の仲だから、俺とお前は戦友だ、俺とお前は同志じゃないか、と卓也は人懐っこい顔でぐいぐい近づいてきた。

流されたのが優馬だ。

バイトでいい仲間に巡り会えた、理解してくれる奴と出会った、と優馬は有頂天《うちょうてん》になり、卓也と一緒に超過労勤務に励んだのだ。アルバイト一本で生活している卓也とは違い、優馬には大学の講義があるから大変だった。一日、二時間しか睡眠時間が取れなかった所以だ。

それでも、充実していた。

卓也を始めとするバイト仲間も一緒に頑張っていたから。

二十四時間営業のディスカウントショップ、優馬は誰もがいやがる重労働を引き受けた。一日に何度、ビールケースを持って往復したかわからない。配送にもいやがらずについていった。喉に詰まらせた大福をくれた和菓子屋はお得意様だ。

「卓也、お前のこと、お前が言う通り、戦友や同志だと思っていたぜ」

人使いの荒い社長には文句が山のようにあったが、バイト料はきちんと振り込まれるし、食事は充実していた。過去に引っかかったブラックバイトに比べたら何倍もマシだったのだ。しかし、卓也やほかのバイトたちは陰で社長を罵倒した。

それなのに、社長を罵っていたのは優馬になっていた。社長が誤解し、いきなり、解雇された理由だ。

その時、社長の口から漏れた卓也やほかのバイトたちの言動ですべてわかった。卓也が中心になり、優馬を罠にハメたのだ。

『今も俺はお前の戦友だ。同志だ。三浪しても常磐学園に合格しなかった俺じゃ、現役で合格したお前の戦友にはなれないのか？』

「そういうことを言っているんじゃない。第一、前々から言ったが、そんなことはなんの関係もない」

『俺はこんなことでお前に誤解されたくないんだ。俺もまったくわからなかったんだ。ほかの奴らが勝手にあれこれ社長に言って、社長が真《ま》に受けたんだ。俺は庇《かば》ったけど、無駄だった。守れなかった俺を許してくれ』

これまでに何度も耳にした卓也の涙声に、優馬の心はささくれだった。おそらく、こちらが納得するまで泣き続けるだろう。

「……わかった。わかったから」

『本当か？　わかってくれるか？』

「ああ」

『次は、次こそはどんな目に遭ってもお前を守ると決めていた。お前、店の金を盗んだことになっているぜ』

予想だにしていなかった状態に、優馬は血相を変えた。

「……ど、どういうことだ？」

まったく身に覚えがない。

今に至るまで身に覚えのないことでいろいろと理不尽な目に遭った。誤解を解くこともできず、忍耐で乗り切ったのだ。

けれど、犯罪となれば話は違う。

『……だから、ほかの奴ら、ほかのバイトの奴らが店の金に手をつけていたんだよ。ほら、社長と奥さんってどんぶり勘定じゃん？』

　社長夫妻の杜撰な経理は優馬でも仰天した。

「……そ、それで？」

『なんか、今回、税理士さんが乗り込んできて帳簿を確認して、店の金がだいぶないことに気づいたんだ。金を盗んだ奴が、優馬に罪をなすりつけた』

　ガツンッ、と優馬は頭をハンマーでカチ割られた。

　そんな気分だ。

「冗談じゃねぇ」

『優馬、わかっている。俺はちゃんとわかっている。お前の無実を証明するから今から出てきてくれないか？』

　優馬は頭上をふわふわ飛んでいる翡翠を見上げた。人間の子供の状態だったら連れて行けないが、誰にも見えない龍ならば問題ないかもしれない。

「わかった。行く。俺の無実を証明してくれ」

『任せてくれ。必ず、社長にわかってもらう。社長はほかの奴らの言うことを信じてお前を誤解したんだ。お前が真面目で誠実な奴だって知らない』

　待ち合わせ場所を決め、礼を言ってから通話を切った。優馬は慌てて財布をジーンズのポケットに突っ込む。

「翡翠、出かけるぞ。ついてくるか？」

「くぉ～ん」

当然、とばかりに翡翠は優馬の右上を飛ぶ。

「いきなり、人前で人間になるのだけは勘弁してくれよ」

いざという時のため、優馬は翡翠の赤ん坊セットを一式、リュックサックに詰めた。さすがにベビーカーは置いておく。

「だっこ紐みたいなだっこベルト、これがあれば、人間になってもなんとかなるかな……っと、時間だ」

社長が警察に届けを出す前に対処しなければならない。優馬は慌ただしく赤ん坊用グッズで溢れたワンルームを後にした。卓也に感謝しながら。

これが神様の弟子になった効果だろうか。

以前の優馬だったならば、確実に今の時点で警察に連行されているだろう。卓也もほかのバイトたちに流され、口を噤《つぐ》んでいたに違いない。

「月読命様、ありがとうございました。少しでも疑って悪かった。チャラ男なんて言って悪かった」

優馬は月と夜の美麗な神にありったけの感謝を捧げた。

待ち合わせ場所はバイト先だったディスカウントショップの近くにあるビルの一階だ。椅子やテーブルがいくつも並べられ、自動販売機も充実していて、優馬と卓也は何度も一緒に休憩時間を過ごした。

楽しかった時間が蘇る。

充分、歩ける距離だが、優馬は最寄り駅から各駅停車に飛び乗った。翡翠は優馬の右上でふわふわ浮かんでいる。

おかしい、と優馬は自分の目を疑った。

何しろ、目の前に座っている中年のサラリーマンの背後に黒装束の者が見える。顔は確認できないが、その手には大きなカマのような凶器を持っていた。

満月の夜、目の前に現れた死神を思いだす。

車椅子に乗っている老人の背後にも黒装束の死神が立っている。こちらの手にも大きなカマが握られていた。

死神だよな、お迎えか、死期が近いのか、と優馬は黒装束の死神を凝視した。

その途端。

「死神よ。そんなに見つめちゃ駄目よ」

どこからともなく綺麗な声が聞こえてきた。

いや、斜め横に座っているスーツ姿の女性の背後にいる綺麗な女性だ。古代王朝時代の衣装に身を包んだ佳人である。

いくら優馬でもわかった。彼女が人間でない、と。

「……死神？　やっぱり死神なんですね？」

優馬が素っ頓狂な声を上げた瞬間、電車内の乗客の冷たい視線が集中した。

ヤバい、と優馬は慌てて口を押さえる。

俺以外には視えないんだ、俺が視えるのは翡翠がいるからだな、翡翠が龍だから視えるのか、と優馬は今までの経過から判断した。

翡翠は何事もなかったかのように優馬の右上だ。すでに定位置と化している。

「あなたは生ある者、死神に関わってはいけません」

淑やかな美女の言葉に、優馬は無言で頷いた。

この人は人間じゃないよな、いったいどこの誰なんだ、と優馬が思った瞬間、綺麗な声で返事があった。

「弁財天《べんざいてん》」

優馬の脳裏を江ノ島の弁財天が過ぎる。鎌倉の実家で暮らしていた頃、数え切れないぐらいお参りした。

弁天さん、と優馬が声を上げそうになった時、電車が止まった。優馬は弁財天に一礼してから降りる。

プラットホームにいる人の背に死神は取り憑いていない。ただ、エスカレーターで上がっていく人の背に、異様な存在を見つけた。

大きなカラスの身体に女の顔。

「……うっ」

優馬は恐怖で仰け反る。

エスカレーターから落ちそうになったが、すんでのところで留まった。

いったいなんだ、あれはいったいなんだ、弁天さんがついている人がいると思えば、カラスの妖怪みたいなのがついている人もいる、何もついていない人もいる、と優馬は改札で周囲の人々を見回した。

いつも丁寧に接してくれる駅員の背後に、鎌倉の大仏によく似たものが視える。常に笑顔を絶やさない売店のスタッフの背後には、観音菩薩《かんのんぼさつ》によく似たものが視えた。

評判悪い不動産会社の社長が改札を通り過ぎる。その背後には鬼の顔をした男がべったりと張り衝いていた。

うわ、鬼だ、と気づいた途端、優馬の足は竦む。

文明が発達した現代にこんなことがあるのか、俺がおかしくなったのか、俺の目がおかしくなったんだよな、と優馬は自分で自分に言い聞かせようとした。なんというのだろう、許容範囲を超えたのだ。

けれど、右上に浮かぶ緑色の龍がすべてを物語る。

これが本当のこの世なのか、と。

今まで視えなかっただけなのか、と。

神様の弟子とはこういうものか、と。

街頭募金の女性の右肩に鬼を見つけ、優馬が背筋を凍らせた時、スマートフォンのラインに卓也からメッセージが書き込まれた。

すでに卓也は待ち合わせ場所に到着したという。

優馬は慌てて待ち合わせ場所に向かって走りだした。

無数の死神が取り囲んでいる病院を通り過ぎ、黒い靄に覆われた法律事務所を横切ったら、待ち合わせ場所だ。

「優馬、こっちだ」

閉店した書店の前で、卓也が手を振っていた。

「卓也？」

「社長に電話で話をしたらわかってくれた。社長が今すぐ優馬に会いたいっていうから来てくれ」

卓也に手招きされ、優馬は駆け寄りながら尋ねた。

「俺の誤解が解けたのか？」

「ああ、ほかでもないお前のため、俺は死ぬ気で説明した。社長もお前の勤務態度は知っていたから、意外とあっさりわかってくれたよ」

居酒屋の前を通りかかった時、明かりで卓也の姿が照らされた。

鬼の顔。

卓也の肩に恐ろしい鬼の顔が見える。

鬼の顔をした男は手に槍を持っていた。ひひひひひひひ、と鬼が忍び笑いを漏らしているような気がする。

「……うっ」

思わず、優馬は呻き声を漏らす。

「優馬、どうした？　もう心配しなくてもいいぜ？」

卓也はこれ以上ないというくらい優しく微笑んだ。

彼はミスを連発してしまった優馬を、何かと励ましてくれたバイト仲間である。今回、優馬のために骨を折ってくれた。毎日のように一緒に働き、一緒に食事をし、たわいもない会話をした親友だ。冬期休暇にはスキーに行く計画を立てていた。

が、卓也に鬼の顔をした男が取り憑いている。

これはいったいどういうことなのか。

依然として、優馬の右上を翡翠は飛んでいる。卓也にも背後の鬼にもなんの興味も抱いていないようだ。

「……卓也、道が違う」

いつしか、ディスカウントショップと正反対に進んでいる。大きな寺と墓地があるせいか、飲食店や民家がなくて寂しい方向だ。電灯も少ないので、夜になれば真っ暗になる。

「社長が待っているんだ」

「そっちは寺と墓しかねぇだろ」

「社長は車だ」

駐車場代わりにしている空き地がある、と卓也は温和な声で続けた。

優馬は記憶の糸を必死になって手繰《たぐ》る。確かに、社長が草木に覆われた空き地を駐車場代わりに使っていると聞いたことはあるけれども。

「卓也、店の金を盗んだのは誰だ?」

「大石《おおいし》と林《はやし》だ」

素行不良で高校を中退したというバイトの名が上がる。ただ、仕事自体、真面目に励んでいた。

「社長は警察に通報したのか？」

「だらしなかった自分も悪かった、って社長は反省して、今回は通報しないみたいだ」

嘘だ、あの傲慢な社長がそんな殊勝なことを言うはずがない、と優馬は卓也の話に白々《しらじら》しさを感じた。

「大石と林はクビになったのか？」

「優馬、そんなことより自分のことだ。お前がどうして疑われたか、わかるか？」

卓也に切々とした口調で聞かれ、優馬は低い声で答えた。

「大石や林たちが俺を犯人に仕立てたんだろう」

「それもあるけど、お前はヤバい奴とつるんでいるんだってな」

ヤバい奴、と口に出した途端、卓也の身の回りの空気が一変した。緊張か、恐怖か、ドス黒いものが発散される。

「ヤバい奴？」

優馬には指摘された人物の心当たりがない。

「狂犬、っていう仇名《あだな》のヤバい奴とつるんでいたらお前の信用もなくなる。仕方がないぜ」

「狂犬？　いったい誰のことだ？」

優馬が怪訝な顔で首を傾げた時、後頭部に凄まじい衝撃を食らった。

ガツンッ、と。

優馬は真っ暗闇の道路に倒れ込む。

「優馬、お前が悪いんだぜ。稀代《きだい》の狂犬と繋がっていたことを隠すから……」

卓也は吐き捨てるように言うと、昏倒《こんとう》した優馬の身体を物か何かのように蹴って転がした。ゴロゴロゴロ、と優馬の身体は草むらに。

パッ、といっせいに明かりがついた。

眩しい。

優馬は煌々と照らされるライトで意識を取り戻す。

大型バイクや改造車がいったい何台あるのか、周りをグルリと取り囲まれている。鉄パイプやジャックナイフなど、凶器を手にした男たちが近寄ってきた。

「卓也、よくやった。たまには役に立つんだな」

赤毛の男に褒められ、卓也は背筋をピンと伸ばしてから一礼した。

「はっ、ありがとうございます」

「もっと役に立ってもらうぜ」

ボカッ、と赤毛の男は卓也の頭を殴った。

殴られても、卓也は怒るどころか深々と腰を折る。

「任せてください」

「俺、お前をシメたくねぇからな」

「はいっ」

絶対王者に対する奴隷のように、卓也はペコペコと頭を下げる。

いったいこれはなんだ。確かに、卓也は社長や社長夫人、営業部長など、上に立つ者に対する媚《こ》びは卓越していたれども。

「お前、常磐学園大学三年の小野優馬クン、諏訪疾風の連れだってな?」

赤毛の男に声をかけられ、優馬はようやく気づいた。

卓也が言っていた『ヤバい奴』や『稀代の狂犬』とは疾風のことだったのだ。ジャックナイフを手にした赤毛の男に見覚えがある。

昨日、疾風にやられた奴だ、と優馬は草むらに倒れたまま、赤毛の男を確認した。霞《かす》む目で見渡せば、駐車場で疾風を取り囲んでいた十三人、全員、揃っている。

スキンヘッドにタトゥーだらけの男に金髪に黒のライダースーツに、と優馬は男たちの人数を数えだした。

いったい何人いるのか。

二十五人目を数えた時、赤毛の男は優馬のジーンズのポケットからスマートフォンを取りだした。

やめろ、と優馬が拒む間もない。

赤毛の男は勝手に優馬のスマートフォンを操作した。

「……ほらよ、優馬クン、オトモダチに助けを求めろ」

赤毛の男に突きつけられたスマートフォンから、疾風の低い声が聞こえてきた。

『……優馬？　どうした？　翡翠に何かあったのか？』

ここまでされたらいくら鈍い優馬でもわかる。

ターゲットは疾風だ。

疾風が強すぎて敵わないから、こういう手を使ったのだろう。もしかしたら、自分は人質なのかもしれない。

あいつ、疾風は俺が掴まっていると知ったらどうするか、外見や噂に似合わず意外と優しい奴だからヤバいな、と優馬は迷うことなく判断を下した。

すなわち、スマートフォンの向こう側にいる疾風に助けを求めない。

「おい、優馬クン、さっさと助けを求めろ」

赤毛の男が焦れたように急かすが、優馬は口を真一文字に結んだ。

「疾風が来ない限り、逃してやらねぇぜ」

「…………」

「疾風が来たら、お前は逃がしてやる。お前に手は出さない」

赤毛の男の背後にも邪悪な鬼がいる。たとえ、言う通りにしても、優馬は無事に解放してもらえないだろう。

ほかの面々にもそれぞれ鬼が取り憑いていた。

「…………」

「おい、疾風の連れなんだろう。疾風が連れの家に行くことなんて今まで一度もなかったぜっ」

ガッ、と赤毛の男に蹴り飛ばされた。

『……優馬？』

スマートフォンから漏れる疾風の声音が変わった。もしかしたら、異常事態発生に気づいたのかもしれない。

優馬は渾身の力を振り絞り、スマートフォンの電源を落とした。

「お前、小野優馬、死にたいのか？」

「疾風を呼びだしてどうする気だ？」

どんなに疾風が強くても、これだけの人数相手に敵わない。

「決まっているだろう」

「昨日、十三人がかりでケンカして負けた仕返しか……」

優馬が最後まで言い終える前に、赤毛の男に蹴り飛ばされた。

ドカッ、と。

「こいつ、痛い目に遭いたいらしいな」

　スキンヘッドの大男が鉄パイプで優馬の背中を突いた。

「ああ、この小野優馬っていう奴はいつも一言多い奴なんです。変に正義感ぶっていて、バイト仲間全員で掃除をサボろうとしてもひとりで頑張ったり、社長に気に入られるためにみんながいやがっている仕事で張り切ったり……全員から嫌われていました」

　ここぞとばかりに、卓也が優馬について説明した。

「卓也、こいつに『後ろ』はいるのか？」

「優馬は普通の大学生です。バックはいません。親や親戚にも見放されているみたいですから、フクロにしても問題はありません」

　俺は動画に撮ってバイト仲間に見せてやります、と卓也はスマートフォンを取りだした。

「こいつ、名門大学のお坊ちゃんだろ。金を作らせるか」

「さすが、いい考えです。保証人が優馬のオヤジなら何枚でもクレジットカードが作れますよ」

　スキンヘッドの大男と卓也の会話に、優馬の身体の血が逆流したような気になる。怒りが大きすぎて、何をすることもできない。

　ただただ草むらに倒れているだけ。

　相変わらず、翡翠はふわふわと頭上を浮かんでいる。

「おい、疾風をどうやって呼びだす？　疾風のオヤジにバレたらヤバいぜ？」

「馬鹿野郎、今さら疾風のバックを気にしてどうする。板東一場組《ばんどういちばぐみ》の組長はガキのケンカに首は突っ込まないさ」

「こいつのスマホに疾風の番号が登録されているんだ。もう一度、疾風に連絡を入れろ」

「写メールでいいな」

カシャカシャカシャ、と草むらに力なく横たわっている優馬は自分のスマートフォンで撮影された。

タトゥーだらけの男が優馬のスマートフォンを操作する。

この姿を疾風が見たらどう出るか。恐れをなして逃げるか。警察に通報してくれるか。

優馬は疾風の行動が読めなかった。

風体の悪い男たちと木々の間に、綺麗な月が見えた。満月に近い月だ。優馬が月讀命の弟子になったのは満月の夜だった。

本来なら満月の夜に死んでいた。二十歳で死にたくなかった。不幸の連鎖を断ち切りたくて神様に弟子入りした。

なのに、それなのに、この結果なのか。

神様の弟子になっても理不尽な運命は変わらないではないか。

弟子入りした神様がいけなかったのか。

やはり、チャラ男神ではなく、もう少し真面目そうな神に弟子入りすればよかったのか。

チャラ男、チャラ男神、弟子のピンチです、助けてください、と優馬は美しい月に向かって救いを求めた。

けれども、大きな龍に乗った月讀命は現れない。

「おい、優馬、俺のパシリになるなら助けてもらえるように先輩たちに掛け合うぜ」

卓也に耳元で囁かれ、優馬は怒気を抑えて尋ねた。

「卓也、あの例の、俺が店の金を盗んだことになっている、っていう話は嘘か？」

「大石と林が店の金に手をつけたのは本当だ。そのうちバレる。大石と林ならお前に罪をなすりつけるさ」

俺は馬鹿だ。

馬鹿だと知っていたけど本当にとことん馬鹿だ。

まんまと卓也の嘘に引っかかったのだ。優馬は改めて自分の迂闊《うかつ》さを痛感した。卓也の裏の顔に気づいたばかりだったというのに。

「……そうか」

「優馬、俺のパシリになるなら、今、ここで先輩たちの前で俺に土下座しろ」

そうしたらボコられずにすむぜ、と卓也は勝ち誇ったように続けた。自分の優位を信じて疑わない態度だ。

キヒヒヒヒヒヒヒ、と背後にいる鬼は笑っている。

「卓也、お前はここにいる奴らのパシリだったのか……パシリのパシリって最低じゃん……」

優馬の言葉を遮るように、卓也から蹴られた。

「……うっ」

「前々から気にくわなかった。前々から気にくわない奴だったが、今日という今日は我慢ならねぇ」

卓也は頬を紅潮させ、ボスらしき赤毛の男に言った。

「すみません、優馬は俺がシメていいですか？」

「殺すな。さすがに殺したら板東一場組が出張《でば》るかもしれねぇ。今はヤクザ相手に揉めたくない」

「はい」

卓也は了解をもらうと、サバイバルナイフを取りだした。

「ナメやがって、覚悟しろ」

鋭利なサバイバルナイフが月の光に照らされて光った。

不気味な輝き。

「冗談じゃねぇっ」

優馬は渾身の力を振り絞り、そばで気を抜いていたスキンヘッドの大男を転倒させた。

そして、彼が持っていた鉄パイプを握る。

竹刀《しない》とはだいぶ違うが、ないよりマシだ。

もっとも、卓也を始めとしてほかの面々は馬鹿にしたようにせせら笑った。

「おいおい、優馬、これは剣道の試合じゃねぇぜ」

卓也も背後にいる鬼も不気味な笑みを浮かべ、槍を優馬の身体の上を飛んでいる翡翠に向けた。

シュッ。

優馬は鉄パイプで阻むつもりが、サバイバルナイフに切られた。

プシューッ。

血が飛ぶ。

が、優馬の血ではない。

サバイバルナイフを手にしていた卓也の血だ。

シャーッ、シャーッ、シャーッ。

翡翠が卓也と背後にいる鬼に向かって緑色の火を噴き続けた。

「……う、うわっ……なんだ、この風？」

卓也を緑色の凄まじい突風が直撃する。立っていられず、その場に失神した。卓也の背後にいる鬼も苦しそうに呻く。

「……龍神……月讀命の龍神だ……」

卓也の後ろにいた鬼の姿が薄れたと思うとぶわっ、と消えた。

「……あの月讀命の龍神が……どうしてこんな人間に……」

「……この人間は何者だ……ぐおっ……」

「……うぉ……この人間は見逃せぬ……」

ほかの鬼たちの苦しそうな声があちこちから聞こえる。どの鬼も手にしていた槍を使うことさえできない。

ガーッ、ガーッ、ガーッ。

翡翠は黄緑色にも見える緑色の炎を人相の悪い男たちにお見舞いした。

「……う、うぅ？　台風か？」

「嵐？」

常人の目には突風が吹き荒れているようにしか見えないのかもしれない。けれど、優馬には視える。

翡翠が緑色の炎を吹き続けているからだ。

腕自慢の男たちがバタバタと失神していった。

草むらの中、優馬は鉄パイプを竹刀の如く構えているだけ。

「……こ、この野郎」

　赤毛の男がジャックナイフで襲いかかってきた。

「こういうことは二度とやめてくれーっ」

　優馬は精神を集中させて、面《めん》。

　赤毛の男に完璧な面を決める。

「……うっ」

　ドサッ、と赤毛の男は緑色のオーラが渦巻く草むらに倒れた。

　見渡せば、いつの間にか、五十人近くいた男たちが折り重なるように倒れている。すでに誰ひとりとして立っていない。

　それでも、翡翠は緑色の炎を撒き散らしている。人相の悪い男に取り憑いていた鬼も一匹残らず消えていた。

「……翡翠？」

　腐っても鯛、と心の中で言いかけて慌てて止めた。小さくても翡翠は龍神だ。その高いプライドを傷つけたらどうなるか、身に染みて知っている。

「くぉぉぉぉぉぉ〜ん」

　どんなもんだい、と翡翠がドヤ顔で勝利宣言したような気がした。調子に乗ったのか、ますます突風がきつくなる。

　ゴオオオオオオオオ〜ッ、という凄まじい音とともに卒倒していた男たちが何人も飛ばされた。

　これ以上、翡翠に攻撃させたら危ない。

「……翡翠、すげぇな。そんな能力を隠していたんだな」

　優馬が翡翠を宥めようとした時、派手なエンジン音が響いてきた。真っ黒なフェラーリが近づいてくる。

「うわっ、こいつらの仲間か？」

　新手の敵か、と優馬は鉄パイプで構え直したが、黒いフェラーリから物凄い勢いで飛び降りたのは疾風だった。

　疾風にまで翡翠の攻撃を食らわすわけにはいかない。

「翡翠、お前が素晴らしいことはわかった。証明された。打ち方、止めーっ」

　優馬は頭上で緑色の火を噴き続けている翡翠に言い放った。心なしか、緑色の風のきつさが和《やわ》らぐ。

「優馬？」

　風の中、駆け寄る疾風の手にはがヤクザ映画でしか見たことのないものがあった。白鞘《しらさや》の長《なが》ドスだ。

「……疾風、なんてものを持っているんだーっ」

「優馬、それは俺の台詞だ」

疾風の視線の先は優馬が握っている鉄パイプだ。

一瞬、ふたりの間に沈黙が走った。

もっとも、すぐに優馬が口を開く。

「……うん、まぁ、いろいろとあってさ」

疾風の顔を見て安心したのか、優馬はその場にへたり込んだ。そうして、疾風の背後に異様なものを見つけた。

何かいる。

疾風に何か取り憑いている。

甲冑姿《かっちゅうすがた》の雄々しい男だ。

サムライか、日本のサムライじゃない、中国のサムライか、だからこいつは強いのか、魔物系じゃないよな、神様系か、こいつも神様の弟子だったのか、そういうタイプじゃないよな、そういうタイプだったのか、と優馬の思考回路がおかしな方向に作動した時、力強い声が脳に響いた。

「毘沙門天《びしゃもんてん》」

毘沙門天、と疾風の背後にいる甲冑姿の武神は名乗った。

「……毘沙門天？」

優馬が仰天して声を上げると、疾風は渋い顔で言った。

「優馬、大丈夫か？」

「……あ、疾風、毘沙門天」

「毘沙門天？　それがなんだ？」

そんなことより、と疾風は強引に話題を変えた。

「これ、お前がやったのか？」

疾風の鋭い目は草むらで失神している男の団体に注がれた。それぞれ、手にしていた凶器もチェックしているようだ。

「まさか」

「誰が？」

「翡翠」

優馬は馬鹿正直にありのままを答えたが、疾風の鋭敏な目が曇った。

「翡翠？　赤ん坊に何ができる？」

疾風は翡翠の本当の姿を知らないから無理もない。

「……あ、神風《かみかぜ》が吹いた」

優馬は全精力を傾けて考えたが、疾風を納得させる言葉が出てこなかった。

「お前、頭でも打ったのか？」

「頭を殴られた。こいつら、頭を殴るなんて最低じゃねぇか。下手をしたら死ぬぜ」

優馬は子供の頃からおとなしいわけではなかった。他人と上手く馴染めず、孤立したり、いじめのターゲットになったこともある。ただ、腕力勝負になっても頭は狙われなかった。優馬にしろ頭を狙ったことは一度もない。

「すまない。俺のせいで」

疾風に深々と頭を下げられ、優馬は面食らってしまった。

「お前のせいじゃないさ」

「いや、俺のせいだ」

だから、俺に近づくなと言ったんだ、と疾風は辛そうにポツリと零した。

「全然、構わねぇ」

こうやって助けに来てくれたからいい。

子供の頃、優馬がいじめのターゲットになった時、仲の良かった友人は去って行った。中学生の頃、街中で不良学生に絡まれた時、友人だと思っていた友人は優馬をスケープゴートにして逃げた。高校生の時もチンピラにケンカをふっかけられ、仲間だと思っていた仲間たちに見捨てられたことがある。親戚でさえ、優馬を放って逃げた。

「……すまない」

「助けにきてくれるとは思わなかった」

優馬が本心を吐露《とろ》すると、疾風は驚愕で目を瞠った。

「当たり前だろう」

「俺、何度も見捨てられたぜ」

「ロクな奴と連まなかったんだな」

疾風が雄々しい眉を顰めた時、翡翠の甲高い雄叫びが響き渡った。

「ばぶばぶばぶばぶばぶーっ」

いつの間にか、翡翠は人間の赤ん坊の姿に戻っている。それも重なり合って倒れている男たちの上に馬乗りになっていた。

「……ひっ……翡翠？」

優馬が仰天して上体を揺らすと、疾風が慌てて駆け寄った。

「どうして、翡翠は裸なんだ？」

疾風は男たちの山から翡翠を抱き上げる。

その広い背中を見て、優馬は愕然とした。

腰の辺りに異様な膨らみがある。

「……疾風」

優馬は素早く立ち上がると、疾風の腰の膨らみに手を伸ばした。そして、自分の手ではっきり確認した。

拳銃のライターだ。

いや、ライターだと思いたい。ライターだと思いたいが、本物の拳銃かもしれない。

「優馬、危ないから触るな」

「……こ、これ、ライターじゃないのか？」

「ああ」

疾風はなんでもないことのように答えたが、優馬の下肢の震えは止まらない。

「……ど、どうしてこんなものが……」

「どんな手を使ってもお前を助けるつもりだった」

「警察に通報してくれればそれですんだと思う」

「サツは頼りにならない」

そいつのオヤジはサツの偉い奴だ、と疾風は草むらで意識を失っている赤毛の男に向かって顎をしゃくった。

「警察への不信感が強いのか」

優馬にしろ警察を全面的に信じているわけではない。ただ、一般市民としては警察を信じて頼るしかない。

「俺が通報しても無駄だ」

「なんで？」

優馬が怪訝な顔で尋ねると、疾風はシニカルに口元を緩めた。

「お前、俺の噂を忘れたのか？」

「ヤクザの組長の娘と同棲しているとか、シチリア・マフィアのボスの娘と付き合っているとか、女暴走族のトップと韓国マフィアのボスの娘を弄《もてあそ》んでいるとか？」

全員、モデル級の美人だって聞いた、と優馬は称賛とやっかみを込めて続けた。噂をしていた男子学生もやっかんでいたことは確かだ。

「俺、ヤクザの息子だぜ」

疾風が関東で屈指の勢力を誇る暴力団の組長の息子だと聞いた記憶はある。

「……そういえば、ヤクザの息子だっていう噂を聞いた」

疾風がヤクザの息子だからといってそれがなんだ。優馬はヤクザより汚い良家の子息を何人も知っている。

「俺のオヤジは板東一場組の組長だ」

板東一場組、という暴力団名はバイト先にあった週刊誌で何度も見かけた。暴力団同士の抗争事件だったか、テレビのニュース番組で見聞きした記憶もある。つい先ほど、赤毛の男の口からも飛びだした。

「じゃあ、長ドスや拳銃は家から持ちだしたのか？」

銃刀法違反、と優馬は心の中で突っ込む。

「ああ」

「オヤジさんにちゃんと断ったか？」

「お前、もうちょっとほかに言うことがあるだろう」

疾風がシャープな頬を引き攣らせた時、翡翠のくしゃみが連発した。いくら真夏でも、夜に裸は不味い。

「……あ、そんなことより、翡翠だ」

優馬は我に返ると、翡翠を覗き込んだ。

その途端、小さな足で蹴り飛ばされる。

僕をほって何をしている、と翡翠に咎められているような気がした。翡翠の暴君は今に始まったわけじゃない。

「翡翠の服は？」

「俺のリュックに一式入っている」

「車の中で着せろ」

疾風は翡翠を抱いたまま、黒いフェラーリに進んだ。一刻も早く立ち去ったほうがいいことは間違いない。

「そうだな」

優馬は翡翠を抱く疾風の背を追った。

正確に言えば、疾風を守護するかのように存在する毘沙門天の背に続いた。

老婆の顔をしたカラスが飛んできても、毘沙門天が一睨《ひとにら》みすれば逃げていく。牛の顔をした蛇が近づいても、毘沙門天が宝棒《ほうぼう》で地面を突けば去って行った。

翡翠が人間の赤ん坊になっても毘沙門天が視える、恐ろしい魔物も視える、どういうことだ、風の流れも視える、ここは気が悪い、墓地がヤバいのか、なんでこんなことまでわかるんだ、と優馬が心の中で唸ると、力強い声が脳に響いた。

「翡翠が育てばお主《ぬし》も育つ」

毘沙門天の言葉だと、優馬は気づいた。

「……え？」

優馬は惚けた顔で疾風の背後にいる毘沙門天を視た。

「人の子よ、お主も月讀命の弟子なれば己の力に惑うなかれ」

「……ちょ、ちょっと、どういうことですか？」

優馬が素っ頓狂な声を上げると、疾風に怪訝な顔で急《せ》かされた。

「優馬、どうした？　さっさと乗れ」

優馬は夜空に浮かぶ月を見上げてから、黒いフェラーリに乗り込んだ。それでも、優馬の視界から毘沙門天は消えない。

疾風がハンドルを握るイタリア製の高級車は、あっという間に鬱蒼《うっそう》とした木々が生い茂る地域を通り過ぎた。

疲れたのか、翡翠は豪快な鼾を掻いている。

優馬は翡翠のおむつをして、ミントグリーンのベビー服を着せた。目覚めた時のため、小さな手に群馬県のゆるキャラのぬいぐるみを持たせる。

「優馬、暫くの間、身を隠せ」

想定外の疾風の言葉に、優馬は驚愕で上体を揺らした。

「……は？　なんで？」

「お前がやった奴ら、ギャングのニトロだ」

一瞬、何を言われたのか理解できず、優馬はきょとんとした面持ちで聞き返した。

「ギャングのニトロ？　いったいなんだ？」

「面白半分で悪事を働く奴ら、と思えばいい」

素行不良の輩《やから》の集団名は年々、多様化していくし、その名称も様々だ。高校時代、夏期休暇中に暴走族に入り、中退した同級生がいた。

「ああ、なるほど……って、どうしてお前がそんな団体に狙われたんだ？　あいつらはお前を『稀代の狂犬』とか呼んでいたぜ？」

「俺は今まで誰とも連まなかった」

「ああ、それは聞いた」

「ケンカを売られたらいつも相手をした。それだけだ」

疾風はハンドルを右に切りながら、抑揚のない声で過去を明かした。彼にとってニトロという集団は、道端に落ちているゴミに等しい存在だったのだろう。

「話をはしょるな。つまり、あのギャングのニトロにケンカをふっかけられ、応戦して勝って、逆恨みされて狙われた、ってことか？」

優馬は疾風の性格から、ニトロとの経緯を推測した。

「ああ、お前を狙ったから驚いた」

「俺の元バイト先にそのニトロのパシリがいたんだ」

「これでニトロの奴らが諦めるかわからない。暫くの間、俺の知り合いの家で暮らしてくれ」

優馬と翡翠の安全を配慮しての避難だ。

「拒むな」

疾風の背後にいる毘沙門天の力強い声が優馬の脳裏に響いた。武神が危惧するほど、ニトロというギャングは危険なのだろうか。

「ヤクザの家か？」

「違う」

「まぁ、大学はないし、バイトしたかったけど翡翠がいるからバイトは無理だし……下宿代はいくらかかる？」

「金はいっさい無用。生活費はすべてこちらが面倒を見る」

「……そういうわけには……」

優馬は途中まで言いかけて思い直した。

疾風は意外なくらい生真面目で律儀だ。優馬と翡翠をニトロとの騒動に巻き込み、とても心を痛めている。甘えたほうがいいのかもしれない、と。

いや、冷静に今後を考えれば、ここは甘えないとやっていけない。何せ、翡翠を養うには金がかかる。

毘沙門天からの圧力も半端ではない。

「疾風、助かる。甘えさせてもらう」

優馬がペコリと頭を下げると、疾風は運転席で安堵の息を吐いた。

「いるものがあったらなんでも言え」

「紙おむつと粉ミルク……一度、うちに戻りたい」

「必要なものがあれば揃える。当分の間、戻るのは控えてくれ」

「わかった」

どれくらい優馬と翡翠を乗せたフェラーリは走っていたのだろう。疾風は背の高いケヤキやスギに囲まれた神社に車を停めた。

「優馬、降りろ」

「疾風、神社だろう？」

「ああ」

優馬が翡翠を抱いてフェラーリから降りた途端、ざわざわざわざわ、と木々が歓迎するようにざわめく。

気がいい。この地はいい。神に守られている空間だ。

なんとなくだが、優馬はわかった。

「疾風、この神社の神様は誰だ？」

ふと懐かしい感じがしたかと思えば、伊勢の月夜《つきよ》見宮《みのみや》が瞼に浮かぶ。

「知らない」

「知らないのか？」

「宮司《ぐうじ》は知っている」

疾風は本殿や社務所がある神域ではなく、柵の向こう側にある日本家屋に進んだ。優馬は後に続く。

疾風がインターフォンを押すと、すぐに玄関のドアが開かれた。水色の袴を身につけた巫女が出迎えてくれる。

楚々とした美女に、優馬は目を奪われた。儚《はかな》くも無残に散った初恋の相手によく似ている。二度目の恋の相手にも似ている。つまり、優馬の好みのタイプだ。

「ようこそいらっしゃいました」

巫女の声を聞き、優馬は耳を疑った。

「……あれ？　女じゃないのか？」

優馬が素っ頓狂な声を上げると、疾風はシニカルに口元を歪めた。

「宮司の筑紫《つくし》明雲《めいうん》だ」

「宮司？　巫女さんじゃないのか？」

宮司と紹介された筑紫明雲は小柄で華奢だし、肌は雪のように真っ白だし、艶のある黒髪は長くて腰まであった。そのムードは淑女のように柔らかい。

どんなに努力しても、隣に立つ疾風と同じ性別には見えなかった。

「宮司です」

慣れているらしく、明雲の機嫌を損ねた気配はない。ただ上品な苦笑を浮かべるだけ。

「……あ、すみません」

優馬は慌てて詫びた。

よくよく見れば、明雲の背後には淑やかな美女がいる。電車の中で見た弁財天と同じように古代の装束に身を包んでいた。

誰だ、この夢みたいな美人、と優馬が心の中で感動すると、明雲はにっこりと微笑んだ。

「とりあえず、お上がりなさい」

明雲に静々と先導され、優馬は格式を感じる玄関で靴を脱いだ。そのまま、やけに音がする廊下を進む。

和《わ》の情緒が溢れる一室に通され、桐の卓に緑茶と和菓子が用意された。

その瞬間、翡翠が目覚め、和菓子に手を伸ばす。

「おい、翡翠、お前はまだ食えねぇ」

「ばぶっばぶっばぶっ」

優馬と翡翠の戦いの火蓋が切って落とされた。もっとも、すぐに明雲がプリンとヨーグルトを運んできてくれる。

「翡翠くん、プリンかヨーグルトか、どちらか食べられるでしょうか?」

明雲が慈愛に満ちた微笑を浮かべると、翡翠は歓喜の雄叫びを上げた。そして、ヨーグルトに手を突っ込んだ。

止める間もなく、ぺろぺろと手についたヨーグルトを舐める。

「……お、おい、翡翠……手づかみで……」

優馬の困惑もなんのその、翡翠はプリンも同じように小さな手ですくった。無邪気な顔でプリンを口にする。

翡翠の愛らしい顔はヨーグルトとプリンでドロドロだ。

「……あ、汚ぇ。すみません」

優馬が真っ青な顔で詫びると、明雲は優しく微笑んだ。

「幼子《おさなご》とはこういうものです。構いません」

「……あ、そうですか。お子さんがいらっしゃるんですか？」

我ながら何を聞いているのだと思ったが、無意識のうちに優馬の口が動いていた。往々にしてこういうことがある。

「私は独身です」

「……あ、そうですか……うわっ、翡翠、皿を舐めるな」

翡翠は物凄い勢いでヨーグルトを平らげると、硝子《ガラス》の器《うつわ》をペロペロと舐めた。龍神とは思えない所業だ。月讀命が弄んだ女性に産ませた子供という疑惑が拭えない。

慌てて硝子の器を取り上げると、翡翠は空《から》になったプリンの皿を舐めた。食い意地が張っている赤ん坊だ。

「おい、お前はそれでも龍神か……」

ヤべっ、と優馬は自分の失言に気づいて焦った。今までの人生の中、幾度となく窮地に陥った原因だ。

「龍神といえどもまだ誕生したばかりですから仕方がありません」

明雲はなんでもないことのようにサラリと言った。

優馬は空耳かと思った。

けれど、疾風の反応を見て、聞き間違いではないと気づいた。

「優馬、明雲、いったい何を言っているんだ？」

疾風に仏頂面で尋ねられ、優馬は乾いた笑いで流した。

もっとも、不幸中の幸い、父親から連絡が入ったらしく、疾風はスマートフォンを手に部屋から出て行く。

疾風の気配が消えたことを確認してから、優馬は躊躇《ためら》いがちに口を開いた。

「……あ、あの、明雲さん……つかぬことをお伺いしますが……」

この際、プリンの皿を一心不乱に舐め続ける翡翠は問題にならない。

「はい、なんでもお答えします」

「今、龍神、って言いましたよね？」

優馬が食い入るような目で尋ねると、明雲は艶然と微笑んだ。

「この子、翡翠くんは龍神でしょう？」

明雲のガラス玉のように綺麗な目は、顔をどろどろにした翡翠を捉えていた。頭までプリンとヨーグルトに塗れている。

「……あ、あの、あなたは何者ですか？」

「宮司です」

「それはわかっています。どうして翡翠が龍神だってわかるんですか？」

今まで誰ひとりとして翡翠の正体を指摘しなかった。視て視ぬふりをしたのかもしれないけれども。

「私は生まれた時から人に視えないものが視えました」

明雲はどこか遠い目で自身が持つ能力について明かす。

「……あ、霊能力者とか？　スピリチュアルヒーラーとか？　千里眼《せんりがん》とか？　超能力とか？　そういうのですか？」

バイト先にあった雑誌にはそういった類の記事が頻繁に掲載されていた。去年、逃げるように辞めたバイト先の女上司が、テレビに出ているスピリチュアルヒーラーに入れ込み、幸せになるどころか離婚して自己破産した。信心深い祖母にしろ、その手の話には詳しく、聞いてもいないのに語りだしたものだ。

「子供の頃から魔物と神が視えます」

「だから、翡翠が龍神だってわかるのか……あ、じゃあ、明雲さんの後ろにいるすごい美人も視えるんですね？」

今も明雲の後ろでは楚々とした美女がいる。

「私を守ってくださっている神は木花之佐久夜毘売《このはなのさくやひめ》です」

明雲が守護神を口にした途端、辺りに桜の花弁が舞い、富士山が浮かんだ。優馬の目の錯覚ではない。

察するに、木花之佐久夜毘売が視せてくれたのか。

優馬は初めて聞く名前だ。

「木花之佐久夜毘売？　ここの神社の神さんですか？」

「違います。お気づきになりませんか？」

くすっ、と明雲に笑われてしまった。

優馬に思い当たる神はひとりしかいない。眩《まばゆ》いばかりの美貌を誇る月と夜の神だ。

「……ひょっとして、ここの神社の神はチャラ男神ですか？」

「チャラ男神？」

明雲の目が驚愕で見開き、優馬は自分の不適切な言葉に気づく。

「……あ、失言でした。この神社の神さんは月讀命……サマですか？」

「そうです。月讀命様をお祀《まつ》りしています」

「どうしてチャラ男……じゃない、月讀命は自分の神社の宮司を守らないんですか？」

優馬の素朴な疑問に明雲は笑った。

「私は木花之佐久夜毘売を祀っている神社の宮司の息子としてこの世に生を受けました。母方の祖父の後を継いで、こちらにお仕えするようになったのです」

「……ああ、そういうことですか」

優馬は納得してから、真剣な顔で聞いた。

「……俺と翡翠がここに来たのは偶然ですか？」

「それは私にはわかりかねます。優馬くんはどうして龍神を授けられたのですか？」

月讀命から龍神を授けられるなど、滅多にあることではありません、と明雲は感情を込めて続けた。

「月讀命に弟子入りしました」

「月讀命の弟子？」

満月の夜の大福による出逢いから今夜の出来事まで、優馬は早口で一気に語った。言葉の足りない月讀命に対する鬱憤も爆発する。

「あのチャラ男神、ちゃんと説明してくれないからわけがわからねぇ。あれで本当に日本のトップ神様の弟なんですか？」

「優馬くん、気持ちはわかりますが落ち着いてください」

「翡翠は人間だと思えば龍になって、トイレに入っただけで騒ぐし、わがままキングだし、俺より食費がかかるし、おむつをいやがるし……暴君の世話が弟子の役目ですか？」

優馬の言葉の意味を理解したのか、プリンの皿を舐めていた翡翠がむすっ、とした顔で和菓子を掴んだ。

シュッ、と和菓子が優馬の顔に向かって投げられる。

優馬は避けることができず、端正な顔で和菓子を受け止めてしまった。翡翠のはしゃぎ声が響き渡る。

「……こいつ」

優馬が頬を痙攣《けいれん》させると、明雲が畏《かしこ》まって言った。

「優馬くん、心して聞いてください。あなたが月讀命様の弟子ならばここで隠れているだけではすまない」

明雲の意図が理解できなかった。

「……は？　どういうことですか？」

「あなたは魔物に目をつけられてしまいました」

神に心当たりはあるが、魔物に心当たりはない。そもそも、この神社に避難した理由はニトロというギャングだ。

「……は？　魔物？　ヤバいのはニトロっていうギャングのはずですが？」

「ニトロというギャングに魔物が取り憑いています」

明雲の指摘により、優馬は卓也に鬼の顔をした男が取り憑いていたことを思いだした。

赤毛の男やタトゥーだらけの男、プロレスラーのような男の背後にも鬼の顔が視えた。全員、確かめたわけではないが、それぞれ鬼が張りついていたはずだ。

「……鬼？」

　思いだすだけで身の毛がよだつ。

「優馬くんも視ることができたのですね。正確に言えば、魔物が取り憑いているから凶悪なギャング集団になってしまったのです」

　明雲の言葉を聞き、優馬は身を乗りだした。

「……ど、どういうことですか？」

「神仏に守られているか、魔物に取り憑かれているか、背後に何も存在しないか、一概には申せませんが、だいたい人はこの三種類に分類されます」

　明雲の白い指が説明とともに三本、折られた。

「つまり、神さんに守られていたら善良な奴、魔物に取り憑かれていたら悪い奴、何もない奴は普通？」

「簡単に言ってしまえばそうです。優馬くん、あなたは月讀命に守られています」

「守られている？　これで守られているんですか？」

　確かに、大福で死ぬところを助けてもらった。月讀命に弟子入りした時から守られているというのか。

ならば、なぜ、今夜、卓也の甘言に引っかかってしまったのだろう。卓也の呼びだしに応じなければ、こんな騒動には発展しなかったはずだ。

「守られています。月讀命に対する敬意を忘れてはなりません」

「……はい、命を救ってもらいましたから」

「ニトロなる集団に取り憑いている鬼は闇月祢《やみつくね》の分身です。闇月祢は月讀命をつけ狙い、月と夜の支配を企《たくら》んでいます」

突然、夢想だにしていなかった話が、明雲の上品な唇から飛びだした。心なしか、辺りの温度が上がる。

「……は？　話が飛んだ。飛びすぎです。ついていけない」

月讀命をつけ狙う闇月祢？

闇月祢の分身の鬼がニトロに張り憑いている？

「今日、優馬くんがご覧になった鬼のボスを、月讀命は退治しなければなりません。弟子である優馬くんの使命でもあります」

明雲は優馬の頭に合わせて言い直した。

それ故、優馬は理解した。理解したくなかったが、理解してしまったのだ。使命、と聞いた途端、氷水を被ったような気がした。

「……お、お、お、お、俺の使命？」

「これ以上、闇月祢を放置するわけには参りません。人だけでなく神も苦しめられていま
す」

明雲の表情からどれだけ凶悪な魔物か、ひしひしと伝わってくる。神をも凌駕する魔物
とはどういうものか。

「……そ、そんなに凶悪な奴なんですか？」

「闇月祢により、今まで何人もの神が力を失ったり、消滅させられたりしました」

「……お、俺は不幸と縁を切りたいから神様に弟子入りした。そんな恐ろしい魔物を退治するために神様に弟子入りしたんじゃありませんーっ」

優馬は涙目で力んだものの、明雲には理解してもらえなかった。さらに訴えようとしたが、翡翠の雄叫びに阻まれた。

「ばぶばぶぶぶぶーっ、ばぶばぶばぶばぶーっ」

明雲は白い手で翡翠を差しながら言った。

「優馬くん、翡翠くんが何か申し上げているご様子」

「明雲さん、翡翠が何を言っているのか、教えてください」

「先ほども申したでしょう。私がわかるのは、神と魔物の区別ぐらいです」

「ばぶばぶっ、の意味はわかりません」

「私もです」

優馬と明雲がジタバタ暴れる翡翠を前に唸っていると、疾風が父親との話を終えて戻ってきた。

「おい、翡翠が叫んでいるぜ」

「疾風、通訳してくれ」

「腹が減ったか、おむつか、どちらかじゃないのか？」

確かに、疾風の言う通り、人間の赤ん坊ならそのふたつだ。

「プリンとヨーグルトを食べたから、お腹が空いているわけじゃないな。おむつか」

僕のおむつを替えさせてやる、と鼻息の荒い翡翠に言われたような気がした。優馬は平常心を旨《むね》におむつ交換に挑む。

ジタバタする手足に動じたら負けだ。

「優馬くん、ママぶりが板についていますね」

明雲に感心したように言われ、優馬は整った顔を派手に歪めた。

「明雲さん、ママってなんですか？」

「あ、パパですね」

どこか浮き世離れした宮司は、まったく悪びれていなかった。いったい疾風とどんな関係か、じっくり聞きたいが、今の優馬にそんな余裕はない。

「パパも勘弁してほしい」

優馬が大きな溜め息をついた時、翡翠に可愛い声で呼ばれた。

「……ママ」

ママ、ママと言ったのか。

今のやりとりだけで覚えたというのか。

優馬は無邪気な笑顔を浮かべている翡翠を覗き込む。

「……ママ……ママ……」

ツンツン、と優馬は人差し指で翡翠のぷっくりした唇を突いた。

「おい、ばぶばぶ、しか今まで言わなかったじゃないか」

優馬は翡翠の成長の早さに驚いたが、明雲はまったく動じていない。疾風はいつもと同じ無表情で翡翠を眺めている。

「……ママ……ママ……ママ……」

ママという言葉の意味を知っているのか、知らないのか、どちらか定かではないが、翡翠の小さな口から連発されたら下手な誤解を招きかねない。

「誰に向かって言っているんだ。俺はママじゃない」

優馬は未だかつてない真摯な目で翡翠を注意した。

が、翡翠には通じなかった。

「……ママ……ママ……」

「おい？　その言葉は忘れろ。頼むから忘れてくれ」

「……ママ……」

「ばふばぶ、に戻れーっ」

優馬は血走った目で凄んだが、翡翠にはなんの効力もない。

ニトロなるギャングだの、神をも苦しめる魔物だの、月讀命の弟子の使命だの、優馬は不幸の連鎖が続いているような気がした。

いや、不幸の連鎖のグレードがアップしたような気分だ。

トドメが翡翠による『ママ』である。

「優馬くん、呼び名がママでもいいじゃないですか」

明雲にのほほんと言われ、優馬の顔が悪鬼と化した。この場に月讀命がいたら、鬼の化身として成敗されていたかもしれない。

神様の弟子ってこういうものなのか、チャラ男神の弟子だからこうなったのか、なんにせよ、優馬は落ち込んでいた。

けれども、疾風と親しくなったことは悔やんではいない。疾風が原因でニトロというギャングに狙われることになろうとも。

神様の弟子 ～チビ竜の子育て～

第三話

赤鬼、青鬼、黒鬼、灰色の鬼に黄色の鬼、槍や金棒を持った鬼の軍団が乗り込んできた。あっという間に優馬《ゆうま》を囲む。

『月読命《つくよみのみこと》の弟子、覚悟しろ』

ひとつ目の鬼に金棒を突きつけられ、優馬は隣にいる明雲《めいうん》に助けを求めた。正確に言えば、明雲の後ろにいる楚々とした女神に。

『優馬くん、残念ながら木花之佐久夜毘売《このはなのさくやひめ》は武器をお持ちではありません』

そんなことは見ればわかる。

『優馬くん、救いを求めるのならば武器をお持ちの神に』

記憶が正しければ、月読命は武器を持っていなかった。電車の中で見た弁財天《べんざいてん》の手にもなかったが、疾風《はやて》の後ろにいた毘沙門天《びしゃもんてん》は武神だ。

優馬は疾風と毘沙門天を呼んだが現れない。

『月読命の弟子、血祭りに上げてやる』

優馬に向かって金棒が振り下ろされた。

優馬は月読命を呼んだが、一向に姿を現さない。どうして弟子の危機に助けに来てくれないのだろう。

『月読命は先の戦いで深手を負った。恐るるに足らず』

優馬は金棒で滅多打ちにされた。

苦しい、苦しい、息苦しい、重い。

神様の弟子になったのにこのザマか。

「ばぶばぶばぶぶぶっ、ママ、ママ、ばぶっばぶーっ」

いやというほど知っている声が聞こえてきた。あんなに言い聞かせたのに、優馬の呼び名は依然として『ママ』だ。

「……う……翡翠《ひすい》……え……」

優馬は息苦しさと甲高い翡翠の声で目を覚ました。そして、自分の顔に柔らかな物体が張り憑いていることに気づいた。

月読命を狙っているという闇月袮《やみつくね》の一味だろうか。

早くも襲われたのか。

「ばぶばぶばぶぶぶっぱぶっぱぶーっ、ママ、ばぶばぶっ」

柔らかな魔物。

いや、優馬の顔に陣取っているのは、魔物ではなくベビー服を着た翡翠だ。昨夜、鶴の掛け軸がかけられた部屋で、優馬と翡翠は一緒に寝た。

闇月袮の一味でなくてよかった、と安心してはいられない。

「……う、重い……苦しい……」

優馬は顔ではしゃいでいる翡翠を移動させようとした。

けれど、翡翠は離れない。

「……翡翠……どいてくれ……息ができねぇ……」

「ママ、ママ、ばぶばぶばぶっ」

襖《ふすま》一枚隔《へだ》てた八畳の和室では、疾風が寝ているはずだ。優馬は渾身の力を振り絞り、大声で叫んだ。

「……疾風、助けてくれーっ」

その瞬間、バンッ、という音とともに襖が開いた。

「優馬？」

疾風は白鞘の長ドスを持ち、優馬に駆け寄った。ヤクザ映画さながらのシーンだ。

「……疾風……こいつ……引き離してくれ……」

優馬が掠れた声で言うと、疾風は手にしていた白鞘の長ドスを畳に置いた。そして、仏頂面で翡翠を抱き上げようとした。

「ばぶーっ、ばぶばぶーっ」

翡翠は鬼のような形相で抵抗し、優馬の顔から離れなかった。無敵の強さを誇る疾風も、赤ん坊相手に荒っぽい手は使わない。

結果、優馬が苦しむだけ。

「……う……う……なんとかしてくれ……」

息も絶え絶えといった優馬に思うところがあったのか、疾風は低い声で明雲を呼んだ。

「明雲、明雲、来いーっ」

どこで何をしていたのかわからないが、明雲は物音も立てずにやってくる。長身の男ふたり相手に奮闘する翡翠に微笑んだ。

「翡翠くん、元気でよろしい」

「……うっ……明雲さん……よろしいじゃ……ないです……苦しい……」

優馬の切羽詰まった声を聞き、明雲は静々と出て行った。

おい、そりゃねぇだろ、と優馬が心の中で文句を零したのも束の間、明雲はプリンとヨーグルトを持って戻ってくる。

「翡翠くん、朝ご飯にしましょうか」

翡翠はプリンとヨーグルトを見た途端、優馬の顔から降りた。這いながら明雲に近づく。

「おや、翡翠くん、はいはいができるのですね」

「ばぶばぶばぶぶぶぶっぱぶっぱぶーっ」

「はい、こちらのお部屋で召し上がれ」

翡翠はプリンとヨーグルトにあっさり釣られた。優馬は朝からぐったり疲れた。すでに起き上がる気力がない。

「疾風、俺はニトロっていうギャングにやられる前に翡翠にやられるかもしれねぇ」

優馬が悲痛な面持ちで言うと、疾風は真顔でコクリと頷いた。ふたりにとって翡翠は何よりも脅威だ。

いつまでも布団に沈んでいるわけにはいかない。

優馬はやっとのことで起き上がると、洗面台で顔を洗った。明雲が用意してくれた寝間着から水色の袴に着替えた時、怪獣の雄叫びが響き渡った。

『ばぶっばぶばぶぶぶぶぶっばぶっばぶーっ』

「翡翠、朝メシを食っているんじゃねぇのかよ」

どこであれ、翡翠は感心するぐらい変わらない。少しでも、優馬の姿が見えなくなれば、大声で騒ぎ立てるのだ。

この大音量だと神社の参拝者にも聞こえるだろう。

『優馬くん、翡翠くんがお呼びです』

明雲がそばにいても、翡翠の絶叫は止まらない。

『ばぶばぶばぶぶぶっばぶっばぶーっ、ママ、ママ、ママーっ』

『優馬くん、翡翠くんはママを呼んでいます。ママ、早くいらしてください』

明雲も困惑しているのかもしれないが、いくらなんでもそれはないだろう。ますます、優馬の肩が重くなった。

『優馬、ママ、さっさと来いーっ』

ことあろうに、疾風まで『ママ』と怒鳴る。

「……だから、誰がママだーっ」

ダダダダダダッ、と袴を摘まんで古い造りの廊下をひた走り、暴君が騒いでいる部屋に向かう。ギシギシギシッ、とあちこち軋むが、構ってはいられない。

『ママ、早く来てください。また迷っているのですか？』

明雲の声に顔が引き攣ったが、優馬は翡翠が騒いでいる部屋に飛び込んだ。

その瞬間、言葉に詰まった。

何しろ、しっとりとした趣《おもむき》のある部屋が、塩だらけになっていたのだ。手足をバタつかせる翡翠の近くには空になった哺乳瓶やプリン、ヨーグルトとともに塩壺があった。

「翡翠くん、ほら、ママですよ」

明雲は塩を髪の毛につけたまま、翡翠に向かって優しく微笑んだ。

「ばぶっ、ママ」

翡翠は小さな手で塩を掴み、優馬に投げた。

土俵入りの横綱の如き形相で。

「……っ」

パラパラッ、と顔に塩を感じ、優馬は正気を取り戻した。

「……翡翠、これはお前がやったんだな。この塩まみれはお前だな。ここは塩サウナでもないし、土俵でもねぇんだぜっ」

優馬がいきり立つと、再度、翡翠の小さな手から塩をお見舞いされた。

「ばぶばぶばぶぶぶっばぶっ、ママ、ばぶーっ」

どうして僕のそばにいない、と翡翠が怒っていることが伝わってくる。プリンとヨーグルトに釣られ、自分から離れたことを覚えていない。

「優馬くん、翡翠くんはママがいないと寂しいのです。わかってあげてください」

明雲に優しく言われ、優馬の顔は般若と化した。

「明雲さん、だから、ママはやめてください……いえ、すみません。この塩だらけ」

「私の落ち度です。塩壺を翡翠くんの手が届くところに置いてしまいした」

明雲は広い度量で慰めてくれるが、優馬はいたたまれない。

「疾風や明雲さんがいても騒ぐのか」

優馬が頭を抱えると、明雲と疾風は同時に同じ言葉を口にした。

「ママだろ」

早くも優馬の呼び名が『ママ』で定着している。

「ママはやめてくれ。希望はお兄ちゃん、せめてパパ」

優馬の切羽詰まった願いは、翡翠の笑い声で掻き消された。つい先ほど、怒髪天を衝いていたとは思えない笑顔だ。

とりあえず、優馬がしなければならないことは部屋の掃除だ。翡翠を背中に背負い、部屋中に飛び散った塩を掃除した。

「優馬くん、ちょっと来てください」

明雲に穏やかな声音で呼ばれ、優馬は翡翠を背負ったまま向かった。縁側から出て、柵を越え、本殿に進む。

白い龍が本殿の上を飛んでいた。

「優馬くん、視えますか？」

明雲にお天気のように問われ、優馬は大きく頷いた。

「はい、白い龍がいます」

「拝殿をご覧なさい」

拝殿には銀色の龍がいた。

「……あ、銀色の龍がいる……え？」

拝殿の賽銭箱の前で若い男が三人、倒れている。その上を威嚇するように水色の龍がぐるぐる回っていた。

ううっ、と呻き声を漏らした男に対し、水色の龍神は水色の炎を吹く。

優馬の背中にいる翡翠は、呼応するように手足をバタバタさせた。

「……な、何があったんだ？　まさか、ニトロの奴らか？　水色の龍にやられたのか？」

優馬が慌てて駆け寄ると、明雲はおっとりとした口調で言った。

「嘆かわしい。賽銭泥棒《さいせんどろぼう》でしょう」

意表を衝かれ、優馬は転倒しそうになったが、すんでのところで踏み留まった。ばぶっ、と背中では翡翠が声を上げている。

「……え？　賽銭泥棒？」

確かに、三人の若い男たちは賽銭箱の前で失神している。それも不自然な体勢で。

「龍神様がこらしめたようですね」

明雲の言葉を肯定するように、水色の龍がゆっくりと一周した。本殿の銀色の龍も合わせるように回る。

「すげぇ、最高の警備員だ」

優馬が感嘆の声を上げると、明雲はにっこり微笑む。

「龍神様に守られている聖域です。どのような魔物であれ、陽が高いうちは近づけません。ただ、陽が沈むと魔物が侵入しやすくなります。お気をつけください」

「月読命は夜の神さんだから夜のほうが強いんじゃないんですか……って、明雲さん、こいつらを警察に突きださないんですか？」

「警察に連絡する必要はありません」

「どうして？」

「警察で彼らの性根が変わるとは思えないからです」

「じゃあ、こいつら、どうするんですか？」

明雲は疾風と禰宜《ねぎ》の八尋陽水《やひろようすい》を呼び、賽銭泥棒未遂の三人組を社務所《しゃむしょ》の奥に運んだ。意識を取り戻したら、諭《さと》すつもりらしい。

優馬は驚きと感動でいっぱいになった。何しろ、聖職者が聖職者としての心を失って久しい。聖職者による犯罪も多発していた。

「今時、そんな聖職者がいたんだ」

優馬が独り言のように呟くと、背中の翡翠にペチペチと後頭部を叩かれた。

「翡翠、どうした？」

「ばぶっ」

おむつを取り替えさせてやる、と翡翠に言われたような気がした。

「もしかして、おむつか？」

優馬は駆け足で戻り、翡翠のおむつを交換した。昨日より、おむつの交換時間が短くなったのは確かだ。

どこであれ、翡翠は感心するぐらい変わらない。少しでも、優馬の姿が見えなくなれば、大声で騒ぎ立てる。決して泣いたりせず、どこまでもふてぶてしい。

「翡翠、どうしてお前はそんなにワガママなんだ？」

翡翠に朝から晩まで、優馬は疾風とともに振り回される日々が七日続いた。与えられた部屋には、疾風が手配した優馬と翡翠の物でいっぱいだ。

ニトロというギャングのメンバーはひとりも現れない。ニトロのメンバーに取り憑いているという闇月祢の気配もなかった。

そう、あんなに身構えていたのに、拍子抜けするぐらい何もないのだ。

「疾風、もう大丈夫じゃないか？」

一度、自宅のワンルームに戻りたかったが、疾風は険しい顔つきでぴしゃりと言った。

「甘い」

「甘いか？」

俺が甘かった、と今までに何度も後悔した。まさしく、甘い大福も苦くしてしまう人生だ。いや、結局、自分が一番悪い。それは身に染みて知っていた。

「ああ」

「いつまでもここでお世話になるわけにはいかねぇし」

月讀命を祀る神社は辺鄙《へんぴ》な場所にあり、樹齢八百年というスギやケヤキに囲まれているせいか、一見、森林地帯に見えないこともない。近隣の住人でも鳥居に気づかず、通り過ぎることが多いそうだ。それでも、熱心に崇敬する参拝者は少なくないという。

今現在、神社に忍び込んでくるのは、賽銭泥棒ぐらいである。優馬はまったく身の危険を感じなかった。

「ニトロが解散するまで」

「いつ、ニトロが解散するんだ？」

「お前ひとりにやられ、ニトロはガタガタのはずだ」

「誤解だ。俺が倒したんじゃない。神風が吹いたんだ」

「そんな大嘘、誰も信じないさ」

疾風に大きな誤解をされたまま、さらに五日過ぎた。今日はどうしてもレポートを持って大学に行かなければならない。

「ゼミの教授にレポートを提出しなきゃ駄目なんだ。本当は三日前の提出だったけど許してもらった」

翡翠の妨害がなければ、レポートを期日に間に合わせることができただろう。優馬はあの手この手で暴君ぶりを発揮する翡翠に参った。

「夏休み中に？」

「ああ」

「翡翠はどうするんだ？」

「疾風、頼む」

優馬は疾風を拝むように両手を合わせた。

「お前がいなくなった途端、騒ぐ」

「お昼寝の時に出るから……あ……」

優馬がなんの気なしに翡翠に視線を流すと、ワガママ大王がはいはいで天照大御神《あまてらすおおみかみ》を描いた屏風《びょうぶ》に向かっていた。その小さな手にはクレヨンがある。

翡翠が何をするのか、考えるだけで背筋が凍った。

「……ひ、ひっ、ひすっ……やめろーっ。その屏風は骨董品屋が喉から手を出しているヤツだーっ」

間一髪、優馬と疾風が同時に飛びかかり、翡翠を押さえ込んだ。その小さな手からクレヨンも奪い取る。

「ばぶばぶばぶぶぶっばぶっばぶーっ、ママ、ばぶーっ」

翡翠に凄まじい剣幕で怒られたが、優馬は屏風を守った安堵感でへたり込んだ。疾風の表情もこれといって変わらないが、動じたことは間違いない。

「優馬、翡翠をここに置いていくのはやめろ」

優馬不在時、翡翠がどんな暴挙に出るかわからない。明雲の絹のような髪の毛をヨーグルト塗《まみ》れにしたのは可愛いものだ。

「……大学に連れて行く」

優馬が決死の覚悟で子連れ通学を宣言すると、疾風は顰《しか》めっ面《つら》で頷いた。それが一番、被害が小さいはずだ。

疾風が運転する黒いフェラーリで、優馬は大学に向かった。翡翠は車が好きらしく、優馬の膝で楽しそうにはしゃいでいる。

「優馬、翡翠の父親と連絡は取れないのか？」

疾風におもむろに尋ねられ、優馬は曖昧な返事をした。

「……まぁ……そういうわけだから……」

あれ以来、月讀命の姿は一度も見ていない。

「どんな奴だ？」

「……うん、だから、チャラ男」

「名前は？」

その筋のルートで調べる、と疾風は言外に匂わせている。

おそらく、父親の暴力団組織関係から翡翠の実父を探しだすつもりなのだろう。優馬の整った顔が引き攣った。

「……い、いや、いい……そのうち……会える」

「明雲がおかしなことを言っていた。翡翠は龍神だ、と」

一瞬、優馬は聞き間違いかと思って、惚けた顔で聞き返した。

「……え？」

「俺を毘沙門天が守っているとか、俺のオフクロが木花之佐久夜毘売に守られているとか、明雲は昔からおかしい」

明雲は視たことを告げたが、疾風はまったく信じていないようだ。察するに、現実主義者なのだろうか。

「……俺もお前に毘沙門天がついているように視える」

優馬が躊躇いがちに言うと、疾風は馬鹿らしそうに鼻で笑った。

「優馬、霊感関係の詐欺師でもあるまいし、お前まで何を言うんだ」

「……まぁ、ちょっと覚えておいてくれ。翡翠は普通の子供じゃないから」

満月の夜に卵から孵《かえ》ったが、すでにはいはいし、早くも離乳食を卒業しそうな勢いだ。

どう考えても成長が早い。

「ああ」

疾風が低い声で返事をした時、翡翠の甲高い雄叫びが優馬の耳を直撃した。煩いなんてものではない。

「ばぶばぶばぶぶぶっぱぶっ、ママ、ママ、ママ、ばぶっ」

「……翡翠、静かにしろ」

「おい、大学で絶対に俺をママと呼ぶな」

「ママ」

「大学でお前は親戚の赤ん坊だ。いいな」

「ママ、ママ、ママ」

車中、優馬は全精力を傾けて言い聞かせようとしたが、翡翠の固い意志を変えることはできなかった。

白旗を掲げたのは優馬だ。

「疾風、教授と会っている時、お前が翡翠を見ていてくれ」

優馬が疾風に泣きついた時、数多の傑物を輩出した常磐学園大学に到着した。夏期休暇中だから、駐車場は空いている。

疾風が駐車場に車を停め、優馬は翡翠を置いて逃げるように飛びだす。

いや、優馬のシャツを翡翠の小さな手が掴んでいた。

「ママ、ばぶっ、ママ、ばぶばぶばぶぶぶっぱぶっぱぶーっ」

「翡翠、離してくれ。すぐ戻るから離せ」

「ママ、ママ、ママ、ママーっ」

翡翠に阿修羅の如き形相に騒がれ、優馬はがっくりと肩を落とした。

「……大福を喉に詰まらせて死んでいたんだ……それに比べたらマシ……マシなんだ……まだ生きているからマシ……」

優馬が自分で自分を慰めていると、駐車場に赤いアストンマーチンが入ってきた。すぐそばのスペースに停車し、遊び人タイプの男子学生が三人、降りてくる。

優馬の姿を見た途端、男子学生たちはいっせいにぶるぶると震えだした。

「……あ、あ、ディスカウントショップ・ニタでバイトしていた小野《おの》優馬……くん？　あの小野優馬くんだな？　リベラルアーツ部のあの小野優馬くんだな？」

優馬に覚えはないが、どこかで会ったことがあるのだろうか。

「はい」

「……あ、五十人近くいたニトロの奴らをひとりでのしちまった男だな……最強の男……」

男子学生たちはそれぞれ恐怖でガタガタ震えつつ、優馬に向かって深々と頭を下げた。

そうして、停めていた赤いアストンマーチンに素早い動作で飛び乗った。

逃げるように、赤いアストンマーチンは派手なエンジン音を立てて駐車場から出て行く。

言うまでもなく、優馬はわけがわからない。口をポカンと開けたまま、翡翠にシャツを掴まれていた。

「優馬、覚悟しろ」

疾風の普段より低い声で、優馬は自分を取り戻す。

「……何が？」

「今の奴ら、ニトロやお前を知っている」

名門大学の学生がどうしてニトロを知っているのか、優馬は不可解でならない。ただ、先日、疾風からニトロのメンバーに良家の子息が何人も混じっていることを聞いた。良家の子息繋がりの噂が流れているのだろうか。

「それで？」

「総攻撃」

「俺、平凡な学生だから勘弁してくれよ」

「ひとりでニトロをやった奴が何を言う」

「誤解だ」

優馬がひとりで五十人近くいたニトロを制圧した、と誤解しているのは、疾風だけではなかった。閑散《かんさん》とした構内で擦れ違った学生たちは、優馬の姿を見た途端、恐怖で固まった。今まで畏怖《いふ》の対象は疾風だったのだが。

「……今の奴は空手部の奴だな？　疾風を見て震えるならいつものことだけど、俺を見てガタガタ震えやがった」

いくら優馬でも自分に注がれる視線に気づく。

教務部のスタッフでさえ、優馬を見る目がまったく違った。今までと打って変わった低姿勢に面食《めんく》らう。

「翡翠の注意をされるかと思ったら違った」

優馬は抱いている翡翠に視線を落とした。その小さな手は常磐学園創設に関わる偉人の銅像の頭を撫でている。

「翡翠、何をしているんだ」

優馬は溜め息をつきながら、伝統と風格を漂わせる校舎に入った。翡翠をあやしつつ、足早に教授室まで進む。

教授室の前で優馬は翡翠を疾風に渡した。

「疾風、頼む」

疾風も以前に比べて翡翠を抱くのが上手くなった。

「一分以内にカタをつけろ」

「わかった」

優馬はレポートを手に教授室に入った。

その途端、ドアの向こう側から翡翠のわめき声が聞こえてきた。

『ばぶっ、ママ、ママ、ママ、ばぶばぶばぶぶぶぶっぱぶっぱぶーっ』

優馬は聞こえないふりをして教授に挨拶をした。ここ最近、教授の耳は遠くなっているという評判だ。

「……優馬くん、赤ん坊の声がするね？」

「……そ、そうですか？」

「赤ん坊の声がする。どうしてこんなところに赤ん坊が……」

どっこらせ、と教授は椅子から立ち上がると、教授室のドアを開けた。

親戚の子です、のっぴきならない事情で預かっています、と優馬は妥当な言い訳を口にしようとした。

が、翡翠を抱いた疾風はいなかった。

廊下には見知らぬ男が倒れている。その足下には翡翠が身につけていたベビー服がおむつごと転がっていた。

人間の翡翠はいなかったが、龍の翡翠はいた。

「くおくおくぅ～おん」

シューッ、と翡翠から緑色の炎をお見舞いされる。

ここで食らったらヤバい、と優馬は咄嗟に身を躱《かわ》した。

「……う……うぅ……」

翡翠の緑色の炎をまともに教授が食らう。

「……加藤《かとう》教授？」

「……昨日、スイカと素麺を食べ過ぎたのかもしれない……医務室に連絡しておくれ……」

教授は血圧が高くて、ずっと薬を飲み続けている。立っていられず、その場にずるずると座り込んだ。

「たぶん、スイカと素麺の食べ過ぎじゃありません」

「……う……かみさんに隠れて学友と酒を飲んだのが原因か……」

「お酒じゃないと思いますが、奥さんに止められているなら控えたほうがいいです」

翡翠、もうやめてくれ、と優馬は心の中で必死に頼み込んだ。そして、第二図書室から顔を出した教授秘書を呼んだ。

教授は面倒見のいい教授秘書に任せればいい。

翡翠は龍の姿でぐるぐると頭上を回った。

「翡翠、疾風はどこだ？」

優馬が小声で尋ねても、翡翠から返事はない。

よくも僕をおいていった、と翡翠は怒り続けているようだ。けれど、やっと、炎攻撃は止めてくれた。

「疾風？」

優馬はスマートフォンを取りだし、疾風と連絡を取ろうとした。その矢先、学長室から総代の二《に》階堂《かいどう》義孝《よしたか》が出てくる。

長身の優馬を上回る数少ない学生だ。

あ、歩く全校生徒のお手本に龍がついている、黒い龍神か、と優馬は義孝の背後に黒い龍を見つけた。

翡翠はなんの反応もしない。

義孝はいつもと同じように、優馬を風か何かのように無視して通り過ぎていった。

彼は常盤学園の中等部に首席で入学して以来、次席を大きく引き離したまま独走状態を保っている秀才だ。非の打ち所のない優等生として、学園側からも一目置かれていた。資産家の跡取り息子であり、怜悧な美貌も傑出しているから、女子学生の間ではナンバーワンの人気を誇っている。

さしあたって、優馬と真逆の位置にいる男子学生だ。

義孝を龍神が守っていると知り、優馬はいやでも納得してしまう。すべてにおいて恵まれている男には神がついているのか、と。

「……俺も神様の弟子になったんだからそろそろ……そろそろなんとかなってもいいんじ

ゃないか？」

優馬は独り言のようにポツリと零してから、疾風のスマートフォンを鳴らした。けれど、何度、呼びだしても応対してくれない。

「……おかしい。疾風は意外なくらい律儀な奴なんだ。翡翠をおいてどこかに行くなんてありえない……あ……」

優馬は疾風の性格を考え、はっ、と気づいた。

教授室の前の廊下で倒れていた男に見覚えはないが、疾風の知り合いかもしれない、と。

何か異常事態があって疾風が翡翠を預けたのかもしれない、と。

何しろ、周囲には翡翠のベビー服やおむつが落ちている。

優馬は慌てて廊下で倒れている男に駆け寄ろうとしたが、翡翠に耳を噛まれた。

「……っ……痛い……翡翠？」

「くおくおくお〜ん、くうお〜ん」

翡翠はただ単に悪戯《いたずら》で耳を噛んでいるのではない。それはなんとなくだが気づいた。

「翡翠、疾風がどこにいるのかわかるのか？」

翡翠にぐいぐい耳を引っ張られ、優馬は逆らわずに動いた。当然、少しでも気を抜いたら飛ばれるので注意する。

校舎を出て、キャンパス内を横切り、取り壊しが決まった旧校舎の敷地に進む。翡翠は立ち入り禁止の立て札を無視した。

「……おい？　翡翠？　こんなところに疾風がいるのか？」

旧校舎の裏手に人の気配がする。

いやな胸騒ぎがして、優馬は真っ青な顔で駆けだした。

そして、その場を見た途端、愕然とした。

「……え？」

数え切れないぐらいの男たちを相手に、疾風が短刀を振り回している。正確に言えば、疾風の後ろにいる毘沙門天が数多の鬼を相手に奮闘していた。

毘沙門天と鬼たちの戦いは凄絶だ。

「おい、いたぞ。小野優馬だ」

疾風に向かってサバイバルナイフを振り回していた男が、優馬の姿を見た瞬間、大声を張り上げた。

その場にいた男たちの目が、いっせいに優馬に注がれる。

「よくも前はやってくれたな。ニトロをナメるなよ」

見覚えのある赤毛の男に刃物を向けられ、優馬は我に返った。

「……あ、ニトロとかいうギャング？」

「そうだ」

前回、優馬を囲んだニトロは五十人近くいたが、今回はもっといる。それも、前回より体格のいい男たちばかりだ。

「……こ、こんなところ……こんなところにまでおしかけてきたのかよ。学校だぜ」

「学校だろうがサツだろうが、やる時はやる。ナめられたら終わりだからな」

それがニトロの鉄則だ、とどこからどう見ても暴力団構成員のような男が凄んだ。その手には拳銃が握られている。お約束のように背後には邪悪な鬼がいた。

「月読命の弟子だ。美味《うま》そうだぞ」

「嬲《なぶ》り殺して、魂は食ってしまおう」

瞬く間に、優馬の周囲をニトロのメンバーたちが囲む。すなわち、槍や金棒を手にした鬼たちが囲む。

「龍がいるぜ」

「まだちっこい。春暁《しゅんぎょう》にはまだまだ遠いさ」

鬼たちに春暁と比べられ、翡翠の天より高いプライドが傷ついたらしい。ぶわっ、という緑色の怒気で辺りを埋めた。

シューッ、シューッ、シューッ、と翡翠は緑色の炎を鬼たちにお見舞いする。

「……う、うおっ？　こんなに小さいのにどうして……」

鬼が消えると同時に刃物を構えていたニトロのメンバーも失神した。

次から次へと呆気ないぐらいバタバタと倒れていく。優馬も地面に転がっていた鉄パイプを拾い、凶器を振り回すニトロのメンバーに立ち向かった。

小手、面、胴、意外なくらい綺麗に決まる。試合中でもこんなに完全な一本は取れなかったというのに。

毘沙門天と翡翠がタッグを組んだら強かった。

瞬く間に鬼たちが消えていく。

ゴゴゴゴゴ、とどこからともなく不気味な地鳴りがした。

「翡翠、やりおる」

毘沙門天が称賛から察するに、不気味な地鳴りの原因は小さな翡翠だ。

ゴゴゴゴゴ、ガタガタガタガタガタガタッ、ガシャーン、ガラガラガラッ、と凄まじい音を立てて校舎の壁が崩れた。

瓦礫《がれき》の間を翡翠が得意そうに飛ぶ。

「……ひっ、翡翠、いくらなんでもやりすぎだーっ」

優馬は背筋を凍らせたが、疾風はまったく動じていない。

疾風も鬼神なみの強さを発揮し、あらかたのニトロのメンバーを倒した。すでに赤毛の男は垣根のように植えられたツツジの下で失神している。

「最上《もがみ》ユウ、お前がニトロの本当の頭だな？」

疾風は凄まじい形相で、異国の血が混じっていると思われる男の首を締め上げた。

「……ああ」

「俺を本気で怒らせたいのか？」

「疾風、お前にやられたままだとニトロは解散しなきゃ駄目だ」

やられたらやり返す、がニトロの鉄則だ、とニトロのトップは悔しそうに続けた。

「ヤクザかよ」

仁義や義理、縛りを嫌ってヤクザを揶揄《やゆ》しているのは誰だ、と疾風は傲岸不遜な態度で見下ろした。

「俺たちはヤクザじゃない」

「なら、ここら辺で引け。お前らに俺と優馬は倒せねぇ」

疾風が腹から絞りだしたような声で凄むと、ニトロのトップは悔しそうに舌打ちをした。

「……ここで引いたらいい笑いものだ」

「どれだけ頭数を集めても無駄だ。恥の上塗りをするだけだぜ」

疾風がニトロのトップを屈服させ、毘沙門天が一番邪悪な鬼を成敗する。

「……口惜しい」

一番邪悪な鬼の姿が薄れたかと思うと、秀麗な青年の姿に変わった。どことなく、月読命に似ている。

いや、黒髪の月讀命だ。

瞬時に明雲から聞いた由々《ゆゆ》しき存在を思いだした。

「月讀命を狙っていた闇月祢か？」

優馬が決死の覚悟で尋ねると、秀麗な青年は甘めの声で答えた。

「月讀命の下僕《げぼく》如きに名乗る謂われはない」

「下僕？　下僕なのかな……とりあえず、闇月祢、そっちの負けだ。毘沙門天と翡翠は強いんだ。引いてくれ」

「まだ勝敗はついておらぬ」

闇月祢の手に禍々《まがまが》しいオーラを纏う剣が現れた瞬間、優馬は首を絞められたような気分になった。

「……うっ」

「月讀命の下僕よ、滅ぶがよい」

闇月祢の剣で心臓を突き刺された。

その直前、翡翠が矢の形をした緑色の炎を闇月祢に放った。

グサリ、と眉間に刺さる。

「……っ……不覚……」

闇月祢の姿は真っ黒な煙となり消えていった。

これらはあっという間の出来事だ。

「くぉ～ん、くおくおくおくおくぉ～ん」

翡翠が勝ち誇ったように鳴くと、背後から明雲の優しい声が聞こえてきた。

「ママは月讀命の下僕ではなく僕の下僕だ、と翡翠くんは仰っているようです」

振り返れば、明雲が立っている。その手には翡翠用のベビー服と福島県のゆるキャラのぬいぐるみがあった。

「やっぱり、俺を下僕だと思っていやがるのか」

優馬は翡翠の暴君ぶりに納得した後、一呼吸置いてから明雲に尋ねた。

「……そんなことより、明雲さん、どうしてここに？」

「毘沙門天と翡翠くんに呼ばれたような気がしました」

明雲がにっこり微笑むと、翡翠は龍神から人間の赤ん坊に変わった。

ストン、丸々とした赤ん坊が優馬の腕に落ちてくる。もはや、魔物を退治した力はない。おむつが必要な赤ん坊だ。

「ばぶっ」

見られたか、と優馬は焦ったものの、ニトロのメンバーは全員、地面に倒れたままだ。

疾風はニトロのトップを締め上げるのに必死で、こちらに気づいてはいない。

「死ぬか、生きるか、どちらか、選ばせてやる」

疾風は短刀を手に、ニトロのトップに迫った。尋常ならざる疾風の迫力に、優馬は声がかけられない。

「……わかった……すまなかった。許してくれ」

ニトロのトップは疾風に恭順を示し、今までの謝罪をする。

「二度目はない」

「わかった、わかったから……手も足も出ないと思い知った」

ようやく、幹部クラスのメンバーが意識を取り戻すと、観念したらしくその場で詫びを入れた。そうして、逃げるように去って行った。

それぞれ、背後にいた鬼が消えたから、素直になったのかもしれない。

「疾風、これはどういうことだ？」

優馬が翡翠にベビー服を着せながら聞くと、疾風は苦虫を噛み潰したような顔で答えた。

「ニトロの奴らが大学に潜んでいた」

「俺は全然、気づかなかった。お前はどこで気づいた？」

「駐車場」

疾風はさすがというか、当然というか。

優馬は駐車場でそれらしい気配はまったく感じなかった。気づかなかった自分が迂闊《うかつ》だとは思わない。

「どうして言わないんだ？」

　明かしてくれていたならば、もう少し違う対処法があった。

「言う必要はない」

「なんで？」

「俺ひとりでカタをつけようと思った」

　これ以上、お前を巻き込みたくない、と疾風の鋭敏な目は如実《にょじつ》に語っている。感服《かんぷく》するぐらい真っ直ぐで律儀な男だ。

「……それで廊下で伸びていた人に翡翠を預けて、ここでニトロとやり合ったのか？」

「優馬、どうしてお前が来る？」

「翡翠が心配して連れてきてくれた」

　こいつも僕の下僕だから助けてやらないとな、と翡翠が得意顔でふんぞり返ったような気がした。

　何せ、明雲が楽しそうに口元を綻《ほころ》ばせている。

「くだらねぇことは言うな」

「本当なんだけどな」

　優馬が肩を竦めた時、数名の警備員とともに総代の二階堂義孝がやってきた。背後には顔色の悪い教務部の部長と学生部の部長がいる。

「うわっ、ヤバい」

咄嗟に優馬は抱いていた翡翠を明雲に手渡す。

翡翠もそばに優馬がいるから、明雲の腕の中でも怒ったりはしない。楽しそうに明雲の艶やかな髪の毛を引っ張った。

口火を切ったのは、学生部の部長だ。

「リベラルアーツ部の学生が暴走族相手に暴れているという連絡があった。君たちか？」

学生部の部長の視線は、疾風と優馬に注がれた。

「ガセネタ」

疾風は何事もなかったかのように言い放つ。間髪を容れず、優馬も全身全霊をかけ、あっけらかんと続いた。

「どこの誰が何を言ったのか知らないけど、身に覚えがありません」

教務部部長や学生部部長、警備員は納得したように頷いた。けれど、氷の彫刻のような総代の義孝は冷たい声で指摘した。

「リベラルアーツ学科の小野優馬くん、どうして君の着衣が乱れ、血がついているのか、説明を求める」

ヤバい、と焦っても遅かった。

義孝に言われた通り、優馬のシャツやジーンズは乱れ、血がついている。優馬の血ではなく、ニトロのメンバーのものだ。

　優馬は必死になって言い訳を探した。

「……疾風とプロレスごっこ」

　優馬のくだらない言い訳に、疾風や明雲、ほかの面々は呆気に取られている。氷の仮面を被りづけているのは義孝だけだ。

　陽の当たる道を進み続けている優等生の背後には依然として龍がいた。

「君と疾風くんのプロレスごっこで旧校舎が破壊されたのでしょうか？」

　たとえ、嘘だとバレていても、優馬は惚けるしかない。

「さぁ？　俺たちは何も知りません」

「君の足下にあるナイフの所有者は誰ですか？」

「ここでリンゴを切って食った奴でしょう」

　優馬がしれっ、と答えると、警備員や学生部長が忍び笑いを漏らした。おそらく、この場で何があったのか、気づかれているはずだ。

「君は暴力ですべてが処理できると思うのか？」

「まさか」

「暴力は何も生み出さない」

「俺もそう思う」

「同意してくれるのならば、なぜ、君は暴力で解決した？」

たとえ相手が凶悪な暴走族といえども、と義孝は冷徹な声音で続けた。

「だから、知らない。俺も疾風も何も知らない。ただ単にここでプロレスごっこしていただけだ」

優馬が金切り声を上げると、義孝は埒《らち》が明かないとばかりに矛先《ほこさき》を変えた。

「疾風くんには前々から暴力事件の噂が絶えなかった」

義孝の追求が疾風に向かったので、優馬は慌てて口を挟んだ。

「おい、総代、疾風は何も悪いことはしていない。勘違いするな」

さすがというか、誰もが恐れている疾風に対し、義孝は堂々と真正面から切り込む。鉄砲玉以上の度胸だ。

「優馬くん、君に尋ねていません」

「総代がでっち上げの刑事に見える。もういいだろ。プロレスごっこで腹が減ったんだ」

優馬が夜叉のような顔で義孝を睨み据えた時、それまで無言だった明雲がはんなりと口を挟んだ。

「疾風くんと優馬くんはいい子です。私が保証します」

明雲と知り合いなのか、教務部部長と学生部部長は同時に頷いた。

「宮司さん、先日は女房ともどもお世話になりました。今日はどうして常磐に？」

「疾風くんと優馬くんと一緒に参上しました。ふたりとも我が家に下宿中です。神社のことをいろいろ手伝ってもらっています」

明雲の信用によって、優馬と疾風は義孝の追求から逃れられた。

当然、義孝から向けられる視線は氷のように冷たいままだが、優馬と疾風は気にしない。

とりあえず、無事だ。無事に解放されたのだ。

ニトロとの揉め事も決着がついた。

闇月祢も消滅したのだ。

義孝に対する鬱憤など、疾風の愛車に乗りこんだら消えた。

明雲の手料理が桐の卓に並べば、優馬が抱いている翡翠が暴れだす。優馬は真剣な顔で翡翠を抑えこんだ。

「優馬、嘘をつくならもう少しマシな嘘をつけ」

疾風に呆れ顔で言われ、優馬は真顔で答えた。

「必死だった」

「それはわかる」

「総代の義孝、評判通り、高慢ちきな奴だな」

すべてにおいて突出しているせいか、義孝には傲慢や尊大という形容がついて回る。尊敬を込め、孤高の人とも呼ばれていた。

「向こうも同じように思っているさ」

「そうかもな。二階堂家の息子なら今までさんざんちやほやされてきたんだろう」

義孝が生まれ育った二階堂家は旧華族であり、父親は祖父から受け継いだ不動産会社を経営している。常磐学園大学の寮や第二キャンパスなど、二階堂不動産が携わっていたはずだ。

学食やカフェテリアでいれば、お約束のように女子学生たちによる義孝の噂が耳に入る。本宅が白金だの、赤坂と表参道と吉祥寺に義孝所有のマンションがあるだの、横浜には義孝名義の洋館もあるだの、軽井沢と箱根と奈良には別荘があるだの、優馬は興味もない義孝の情報をいくつも知っていた。

「二階堂家の息子か」

疾風の口ぶりに優馬は違和感を覚えた。

「疾風、どうした？」

「二階堂不動産の汚い商売で、業績はいいが、だいぶ恨みを買っている」

そのうち社長か誰か殺されるかもしれないぜ、と疾風は言外に匂わせた。どうも、疾風自身、好きではないらしい。

「なんでそんなことを知っているんだ？」

「……オヤジが」

「ヤクザのオヤジさん？」

優馬が怪訝な顔で首を傾げた時、翡翠が勢いよくトマトソースで煮たハンバーグに顔を突っ込んだ。

ぴしゃっ、と。

トマトソースが辺りに飛び散る。

「……ひっ、ひっ、翡翠？」

翡翠の愛らしい顔はトマトソース塗れ。

ついで、優馬の顔にもシャツにもトマトソース。

「ばぶっ……ママ……」

翡翠はトマトソースだらけの顔で、タコのマリネに指を突っ込んだ。器用にも、スライスされたタコを摘まむ。

「翡翠、お前には早い。まだ食えないから」

「優馬、油断したな」

疾風に指摘されるまでもなく、翡翠を抑えこんでいた腕の力を緩めたことが敗因だ。優馬は翡翠を抱え直し、洗面台にひた走った。

「翡翠、トマトソースの手でどこも触るなっ」

「ママ」

トマトソース塗れの怪獣は脅威以外の何者でもない。

ただ、ニトロと闇月祢の問題が解決したので気分は楽だった。ようやく、明るい明日が見えたような気がする。


明雲に引き留められたが、優馬は翡翠を連れて自宅であるワンルームマンションに戻った。初老の管理人が懐かしそうに迎えてくれる。

「おぉ、優馬くん、実家に戻っていたのかね？」

実家ではないが、曖昧な笑みで肯定した。

「はい」

エレベーターから出てきた柔道部員の団体は、軍人の如き礼儀正しさで挨拶をしてくれた。疾風に対する恐怖だけではない。優馬がニトロを壊滅させた最強の男だと誤解しているのだ。

「……ゆ、ゆ、優馬くん、お帰りなさい。優馬くんの素晴らしさには常々感服しております」

「あの凶悪な集団を制圧したとは見事です。誰にもできなかった偉業を達成されました。心より尊敬します」

「優馬くんの強さは我が常磐の誇りであります。何かありましたらいつでも声をかけてください」

　どうやら、マンションに住んでいる学生全員、誤解しているフシがある。遊び人の隣人の態度は滑稽《こっけい》なくらい丁寧だ。

　優馬は面食らったが、今さらどうすることもできない。

　何より、翡翠を連れているから、誤解されていたほうが楽だ。どんなに楽観的に考えても、翡翠は爆弾に等しい。久しぶりに自分の部屋で一息ついた時、優馬はなんとも形容し難い思いが込み上げてきた。

「……あ、なんか、なんか違う？　あれ？」

　安心できるはずの部屋が安心できない。自室に戻った、という気分にならないのだ。その理由は紙おむつやぬいぐるみなど、翡翠のもので溢れているからではないだろう。

「ばぶっ……ママ……」

「翡翠、とうとう俺の呼び名がママで定着したな」

「ばぶばぶ……パパ……」

翡翠は誰かを探すように床を張った。

「パパ？　俺のこと……俺のことじゃなさそうだな？　誰のことだ？」

「ばぶばぶ……ばあば……ばあば……」

翡翠は誰かを探しているが、優馬以外、ワンルームにはいない。

「ばあば？　誰のことだ？」

「パパ、ばあば、パパ、ばあば」

今まで翡翠の周りには、優馬のほか、疾風や明雲がいた。疾風にしろ、明雲にしろ、何かと世話を焼いてくれたものだ。

「……まさか、まさかとは思うが、疾風と明雲さんのことか？」

優馬が恐る恐る尋ねると、翡翠は無邪気な笑顔で雄叫びを上げた。

「ばぶばぶぶぶぶっぱぶっぱぶーっ」

「……よりによって、疾風と明雲さんをそんな……」

どちらが『パパ』でどちらが『ばあば』か。

「パパ、ばあば、パパ、ばあば」

どうやら、翡翠は疾風と明雲を探し続けている。優馬にしてもこれまで寝泊まりさせてもらった部屋が自室のような錯覚に陥った。

「……あれ？　なんか、マジにおかしいな？」

優馬は明らかに変わった自分自身に躊躇いつつ、這い回る翡翠を抱き上げた。ふにゃふにゃしているが、以前のように怖くはない。


翌日、優馬は翡翠を背負って図書館に向かった。レポート作成のために借りた資料を返却しなければならない。

「翡翠、何をしやがる」

こともあろうに、翡翠は擦れ違った中年男性のバーコード頭を撫でた。いや、ただ単に撫でるだけではない。ブチッ、と貴重な髪の毛を引き抜いた。

「……あ、髪の毛」

バーコード頭の中年男性の顔が瞬く間に醜悪に歪む。

「……す、みません、大切な髪の毛っ」

優馬は慌てて謝罪したが、翡翠が抜いてしまった髪の毛はどうすることもできない。中年男性も騒がず、哀愁を漂わせながら許してくれた。

バーコード頭の次は若い女性のアイスクリームだ。

赤信号でアイスクリームを食べながら歩いていた若い女性が止まった。優馬も止まった。すかさず、翡翠は身を乗りだして、ペロリ、と若い女性が手にしているアイスクリームを舐めた。

一瞬、優馬は背中で翡翠が何をしたのかわからなかった。けれど、若い女性の反応で翡翠の行動を知った。

「まぁ、可愛い赤ちゃん、アイス、食べる？」

若い女性は怒らず、翡翠にアイスクリームを差しだしてくれた。

ペロペロペロペロペロ、と翡翠は嬉々としてアイスクリームを舐める。まるで何も食べさせていないかのような勢いだ。

「……す、すみません」

優馬は慌てて詫びたのは言うまでもない。

結果、翡翠を背負うと危険なことに気づいた。

「背中だとワガママ大王が何かしてもわからない。ヤバい」

優馬は背中を意識しつつ、図書館で資料を返却する。目を通したい書籍やＤＶＤがあったが、涙を呑んで諦めた。どんなに楽観的に考えても、翡翠がいる限り、無理だ。

何しろ、こうしている間にも、背中では翡翠が擦れ違う人に何か仕掛ける。慌てて、図書館を後にした。

「翡翠、ちょっとはおとなしくなってくれないかな」

優馬が切実な思いを口にした時、恵比寿《えびす》神社が視界に飛び込んできた。

「ママ、ばぶばぶばぶぶぶっばぶっばぶーっ、ママ、ばぶばぶばぶぶぶっばぶっばぶーっ」

翡翠が恵比寿神社に向かって小さな手を振っている。プリンやヨーグルトを前にした時のような興奮ぶりだ。

「翡翠、何かあるのか？」

翡翠の意思を無視したら煩いことはわかっている。

優馬は吸い込まれるように恵比寿神社に入った。もっと言えば、切羽詰まった懐《ふところ》事情を思いだしたからだ。人は霞《かすみ》を食って生きていけない。

「バイトしたくてもバイトができねぇ。このままだったら翡翠を養うどころか餓死《がし》だ。恵比寿さんは金運の神さんだったよな？」

手水で手と口を清めると、群青色の龍が視える。

拝殿にお参りすると、愛嬌たっぷりの恵比寿天《えびすてん》が現れた。目の錯覚か、と思ったが、翡翠のはしゃぎっぷりからして真実だ。

「月讀命の弟子、受け取れ」

恵比寿天から鯛を差しだされ、優馬は驚愕で仰け反った。

「……えぇ？」

「何を躊躇っておる。何を怖がっておる。受け取れ」

恵比寿天から差しだされた鯛を優馬は受け取った。

生臭い。

だからこそ、妄想でないとわかる。

が、ここからどうしたらいいのかわからない。

「……あ、あ、あの、恵比寿様、鯛をありがとうございました。これは食えるんですか？」

「鯛をよく見ろ」

恵比寿天に言われるがまま、優馬は全精力を注いで鯛を見た。すると、鯛が光の珠に見える。『愛』という字が書かれていた。

「……愛？」

金じゃないんですか、と優馬は喉まで出かかったが、すんでのところで思い留まった。日本昔話の類で不幸になるのは決まって強欲な輩《やから》だ。

「月讀命の弟子よ、お主に一番足りないものを授ける」

「……愛？　確かに、俺は愛に恵まれていませんが」

誕生した時から、愛という愛に見放されているような気がする。弟の赤ん坊時代の写真はアルバム八冊分だが、優馬の赤ん坊時代の写真は一枚しかない。それも祖母が撮影したというピンぼけした写真だ。

「愛は縁《えん》、お主には圧倒的に縁がない」

愛も金も縁から、と恵比寿天は手をリズミカルに振った。

「……縁？　俺の縁は不幸や不運や不条理ばかり……月讀命の弟子になっても一向に改善された気がしないのですが、改善されたのでしょうか？」

「これから」

「これからですか？」

「龍が育てばお主も育つ」

龍を生かすも殺すもお主次第じゃ、と恵比寿天は踊りながら言い放った。

そう、恵比寿天は軽やかに踊っている。

恵比寿さんって曲がりなりにも神さんだろう、どうして踊るんだ、それもこの踊りは阿波《あわ》踊りじゃないのか、と優馬は目の前で阿波踊りを披露する恵比寿天に仰天した。

もっとも、背負っている翡翠は恵比寿天の阿波踊り合わせるように手足を動かす。

「ばぶっ、ばぶばぶばぶ～っ、ばぶ～っ」

幻聴か、優馬の耳に阿波踊りの曲が聞こえてきた。歌っているのは恵比寿天だ。けれど、歌詞が違う。

「……え？　視えるアホゥに視えないアホゥ、どうせアホなら視えなきゃ、ソンソン……恵比寿様、そういうもんなんですか？」

優馬が呆然と立ち尽くすと、大黒天《だいこくてん》も現れ、鯛を授けてくれる。

二匹目の鯛だ。

こちらの鯛も『愛』が刻まれていた。

「お主に一番、必要なものを授ける」

「縁ですか？」

「いかにも」

恵比寿天にはなんとも言い難いパワーを感じた。大黒天にも言葉では形容できないパワーを感じる。恵比寿天と大黒天が揃えばさらに強いパワーを感じた。

「おお、おお、大きく育てよ」

大黒天が楽しそうに翡翠に声をかけ、恵比寿天の阿波踊りのテンションが高くなった。

優馬もつられて踊りそうになったが、すんでのところで踏み留まる。やべぇ、と。俺は何をやりかけた、と。

こんなところで阿波踊りを披露したら、不審者として通報されるだろう。

どうも、背負っている翡翠が、恵比寿天と大黒天のパワーを貪欲に吸い取っているようだ。翡翠のはしゃぎっぷりが尋常ではない。

暦《こよみ》では秋だが、かんかん照りの猛暑日、優馬は暑さに負けて妄想を見たと思った。妄想だとしか思えなかった。

それでも、すべて妄想だと一蹴できない。

恵比寿天と大黒天に礼を言ってから、優馬は神社を後にした。何が変わったわけではないが、背中の翡翠はご機嫌だ。

人に縁がなった、友人の縁もなかった、恋人の縁もなかった、家族との縁もないようなもの、と優馬は自分の空《むな》しい縁を振り返る。

「……ひょっとして、月讀命との縁は悪縁か？　いや、いい縁なのか？　月讀命の縁から疾風の縁ができたし、明雲さんとの縁もできた？」

優馬が独り言をポツリと零した時、見覚えのある長身の男が視界に飛び込んできた。怜悧《れいり》な美貌の持ち主は、常磐学園大学の学生のみならず教授陣にも絶対的な信頼を誇る総代の義孝だ。彼の存在だけでその場のムードが変わる。

「……あれ？　総代の二階堂義孝？　いったい何をしているんだ？」

義孝はふらふらと力なく歩道橋を上がっていく。まずもって、普段の義孝ならばあんな歩き方はしない。

ただ、以前見た時と同じように、義孝には黒い龍がついていた。

「……具合が悪いのか？」

義孝は階段を上ると、歩道橋から身を乗りだした。

危ない。

落下したら確実に死亡する。

眉目秀麗《びもくしゅうれい》な優等生は黒い龍に守られているのではないのか。守られているから平気なのか。いったい義孝は何をしているのか。いつもの義孝ではないような気がする。

義孝を守護している龍がいるにも関わらず、どこからともなく黒装束の死神が現れた。

その手にある大きなカマは義孝の首に近づく。

どうして黒い龍は抵抗しないんだ、と優馬は凄まじい勢いで歩道橋を上がった。翡翠の雄叫びが響く。

義孝が覚悟を決めたように身を乗りだした。

乗り越えた。

落ちる。

「……総代、待て、待てーっ」

義孝が落ちた。

ありとあらゆる天の恩恵を受けた秀才が歩道橋から飛び降りたのだ。

優馬は物凄い勢いで、落下した義孝に手を伸ばした。

ガシッ、と左足を掴む。

　間一髪、掴むことができたのだ。

「……こ、この……意外と重い……」

　ズルリ、と優馬も義孝に引きずられて歩道橋から落ちそうになる。汗がダラダラ流れ、目の中に入った。そのうえ、義孝は『離せ』とばかりに身体を揺らす。

「月読命の弟子よ、なぜ、その者を助ける？」

　黒装束の死神に問われたが、優馬に答える余裕はない。

「その者の希望は死のみ」

　死神の大きなカマが優馬の手と義孝の左足を斬り落とした。

　シャッ。

　いや、その寸前、優馬はありったけの力を振り絞って、義孝の身体を引き上げた。

「……この野郎っ」

　目を覚ませ、と優馬は冷たく整った義孝の顔を殴った。

　バシッ、と。

「……あ？」

　義孝の綺麗な目にある程度の意志の強さが戻った。

「今、何をしようとしたかわかるか？」

「……僕は生きている資格がない」

一瞬、義孝が何を言ったのか、優馬は理解できずにきょとんとした面持ちで聞き返した。

「……もう一度、言え」

「僕には生きる資格がない」

義孝は抑揚《よくよう》のない声で言ったが、普段の覇気《はき》は微塵《みじん》もない。ただ、相変わらず、背後には黒い龍がいる。

「どうして？」

「僕は生きることを許されていない」

義孝の生存が許可されていなければ、とうの昔に優馬は三途《さんず》の川を渡っていただろう。世の半数が、泉下《せんか》の人になっているに違いない。

「なんで？」

「僕は死を選ぶしかない」

秀才には秀才の苦悩があるのかもしれないが、確実に今の義孝は常軌《じょうき》を逸していた。

「完全におかしい。総代の二階堂義孝はそんな奴じゃなかった。いつも人を見下しているようで、いやな奴だったが、それだけの結果は出していたぜ」

悔しいけれども認めるしかなかった、と優馬は過去を思いだしながら続けた。文句のつけようのない優等生に、嫉妬混じりの反感を持つのは優馬だけではない。

「君は僕を助けるようなタイプではなかった。どうして助けた？」

「おい、仮にも龍に守られているんだからガタガタ抜かすな」

しまった、と優馬が己の失言に気づき、慌てて口を押さえても遅い。

ぼんやりしているようで、義孝はきちんと優馬の言葉を聞き取っていた。

「……龍？」

義孝を守っている黒い龍の尻尾が蠢いた。

「……あ、龍は人を選ばないで誰でも守るんだろう……だ、だから、ヤクザやヤンキーの間でも龍は人気で入れ墨とかタトゥーとかスカジャンとかスーツの裏とかに龍がいる。龍に守ってもらうんだ」

はっはっはっはーっ、と優馬は乾いた笑いを披露した。汗がだらだら流れ、翡翠を背負っているにも関わらず、背筋はひんやりと冷たい。

「君、先日も呆れたけれど、嘘をつくならもう少し上手い嘘をつきたまえ」

義孝の辛《しん》らつな言葉に、優馬はうなだれるしかない。

「……う」

「君、僕に龍がついていると視えるのか」

予想だにしていなかった言葉に、優馬は石の銅像と化した。

「視えるという霊能力者やヒーラーは、龍が僕を守っている、と口を揃えた」

ばぶぶぶぶっ、と優馬を覚醒させるかのように背中の翡翠が激しく蠢いた。ようやく、優馬は自分を取り戻す。

そして、まじまじと義孝を眺める。

「……そ、そうなのか」

義孝はこちらの世界を否定するタイプだと思った。意外なんてものではない。経営者や何かの頂点に立つ者にはスピリチュアルに傾倒している者が珍しくないと、明雲から聞いたけれども。

「君も視えるのだろう」

義孝になんでもないことのように尋ねられ、優馬もつられるように口を動かした。

「大福で死にかけてから視えるようになった」

そもそも、すべての原因は喉に詰まった大福だ。満月の夜、大福で死地《しち》を彷徨《さまよ》わなければ、死神に出会うこともなかった。

いつしか、義孝に大きなカマを向けていた死神は消えている。

「……大福?」

義孝の見開かれた目で、優馬は自分の言葉の不味《まず》さに気づいた。

「……い、いや、月讀命の弟子……いや、星のお告げで視えるようになった……ほら、きらきら星とか、一番星とか……」

月讀命の弟子、と優馬が口にした途端、義孝の顔色が変わった。心なしか、守護神である黒い龍のオーラも激しくなる。

「繰り返す。嘘をつくならもう少しそれらしい嘘をつきたまえ」

「……うっ……」

「二階堂家は月読命を祀っている」

「……あ、それでか？　月読命のペットは龍だよな？」

月読命のペットは龍だと、優馬は黒い龍が義孝を守護している理由に気づいた。月読命は春暁という金色に輝く大きな龍に乗っていたものだ。

「ペットというには語弊《ごへい》があるかもしれないが、月読命の神使《しんし》は龍だ。我が家には月読命と一緒に龍神を祀っている」

「せっかく龍に守られているんだ。自殺なんて馬鹿な真似はよせ」

ポンポン、と優馬は義孝の肩を鼓舞《こぶ》するように叩いた。一見、義孝は細身に見えるが、意外にも固い筋肉がついている。

「君、月読命の弟子と口にしたな？」

「……う、ああ」

「弟子ならば教えてほしい。僕は月読命に死を命じられているのではないか？」

義孝に真摯な目で問われ、優馬は間抜け面《づら》を晒した。

「……へっ？」

「僕は月讀命の怒りを買った」

義孝に冗談を言っている気配はまったくない。そもそも、品行方正な優等生は冗談を言うタイプではない。

「何をした？」

どうしたって、月讀命の怒りを買う義孝が想像できない。義孝の怒りを買う月讀命ならばいくらでも瞼に浮かぶが。

「月讀命のご神託《しんたく》を拒絶した」

「どんなご神託だ？」

「月讀命が選んだ女性との婚約を拒んだ」

「それで月讀命が怒ったのか？」

チャラ男はそんなことで怒るのか、と優馬は満月の夜に現れた月讀命を眼底に再現した。まったくもってわからない。明雲のところで暮らしていても、とうとう一度も月讀命は現れてくれなかった。

「それ以外、僕自身には心当たりがない」

「いくらチャラ男でもそれは理不尽だと思う……いや、理不尽なチャラ男なのかな……ひょっとして、チャラ男が弄んで飽きた女を総代に押しつけようとしたのかな……あのチャラ男ならやりそうだよな……」

　優馬が鬱憤混じりにつらつらと零すと、呼応するようにペチペチペチペチ、と後頭部を翡翠の小さな手に叩かれた。

　月讀命の悪口を言うな、と翡翠は怒っているわけではない。翡翠を無視し、義孝と話し込んでいるから機嫌が悪いのだろう。

　なんとなくだが、優馬は身勝手極まりない翡翠の性格を掴んだ。

「チャラ男神？」

「月讀命のルックスはホスト、中身はチャラ男」

　夜の神が生真面目だったならば、人は夕食の時間にリラックスできない。夜を統治するが故《ゆえ》の性格だと、明雲は月讀命について言及した。

「我が家の月讀命もそうなのか？」

　優馬は義孝の言い回しに引っかかった。

「二階堂家の月讀命も伊勢の月夜見宮の月讀命も月讀宮の月讀命も同じだぜ。なんか、月讀命とか、月読命とか、月夜見尊とか、月弓尊とか、ツキヨミとか、ツクヨミとか、いろいろと呼び方があるみたいだけど……」

　優馬にしろ、スマートフォンで月讀命について検索した。まず、名前の記述からして何種類もある。誕生の仕方も二通り、綴られていた。弟の須佐之男命《すさのおのみこと》と役割が違う説もある。確かなのは、天照大御神の弟神ということだ。

「古事記と日本書紀は違う」

「……みたいだな」

優馬がコクリと頷いた時、翡翠の甲高い声が響き渡った。

「ママ、ばぶっ、ママ、ママ、ママ、ばぶぶぶぶぶぶぶぶっ」

当然、義孝の耳にも翡翠の声は届く。

「……ママ？　君のことか？」

義孝の視線が氷の矢となって優馬を貫く。

「……あ、俺が産んだんじゃない」

「それはわかっている」

「チャラ男神から押しつけられた……じゃない、月読命から授けられた赤ちゃんだ」

優馬が正直に告げると、義孝の怜悧な美貌に衝撃が走った。

「月読命が赤ん坊を授けるのか？」

「こう見えて龍だ」

「優馬くん、さすがに僕の理解の許容範囲を超える」

「俺だって信じられない。今でも信じられない。信じたくねぇけど、信じないわけにはいかねぇんだよ」

優馬が感情を込めて心情を吐露すると、義孝の綺麗な目が細められた。

「君を我が家に招待したい」

義孝の申し出に、優馬は目を丸くした。

「……え？」

「我が家の月讀命を視てほしい。僕に死を命じたのか、聞いてくれたならば助かる」

死神はいないし、死相は消えたが、義孝の心が揺れていることは間違いない。月讀命に真意を確かめたいのだろう。

優馬にしても月讀命に会いたかった。

「……わかった……けど、赤ちゃん連れだぜ？　いいのか？」

こんな時でも優馬の背中で翡翠は暴れている。下半身に力を入れていなければ、バランスを崩し、尻餅《しりもち》をついていただろう。

「構わない。その子は龍なのだろう？」

「龍だって信じてくれるのか？」

「信じ難いが、君に嘘をついている気配はない」

「それで判断しているのかよ」

優馬は呆れると同時に納得してしまった。なんにせよ、優馬にしても月讀命と対峙したいのは山々だ。

義孝とともにタクシーに乗り込み、高級住宅街にある二階堂家に向かう。

車中、そうすることが自然のように、疾風とのラインにメッセージを書き込んでいた。

もちろん、現実主義者に対し、人の目に映らない世界についてにはいっさい触れない。


二階堂家の本宅は日本とは思えない瀟洒《しょうしゃ》な高級住宅街にあった。一般庶民のイメージを遙かに凌駕する。

「すげぇ」

どこまでも続く広い庭に、洋館風の建物、洒落た離れ、優馬はタクシーから降りた途端、度肝《どぎも》を抜かれた。

至極当然のように、使用人が恭しく義孝を出迎える。赤ん坊を背負った優馬に困惑したようだが、態度に出さないから見事だ。

使用人たちの間に見覚えのある顔を見つけた。

「……あ、あれ？　管理人さん？」

暮らしているマンションの初老の管理人を確認して、優馬は腰をぬかさんばかりに驚いた。

「優馬くん、知らなかったのかね。私の祖母と義孝くんの曾祖父が異母兄弟だ」

私の祖母が二階堂家当主の愛人の子だったんだ、と初老の管理人は意味深な目で続けた。なんでも、自宅が改装工事中で、二階堂家に下宿しているという。

指摘されるまで気づかなかったが、優馬が住んでいるマンションを管理しているのは二階堂不動産だ。

優馬は今さらながらに義孝が後を継ぐ二階堂不動産の規模を思いだした。本来なら潰れるはずのない会社が次から次へと潰れていっても、不況の荒波をしぶとく渡っている優良企業だ。

「総代、正真正銘のお金持ちのお坊ちゃんなんだな」

バイトに明け暮れている苦学生にしてみれば、羨ましい、という感情しか出てこない。

「うちはたいしたことはない」

「それ、完全な嫌みだぜ」

「嫌みを口にした覚えはない」

クリスタルのシャンデリアが吊された部屋に通され、優馬は北欧製のソファに腰を下ろした。背中に背負っていた翡翠を膝に乗せる。

使用人がアフタヌーンティをセッティングしてくれたが、優馬の手は紅茶が注がれたティーカップやサンドイッチに伸びなかった。ケーキスタンドに盛られたミニタルトやスコーンに目の色を変えた赤ん坊を抑えこむのに必死だ。

「翡翠、まだお前には早い。お前が食《く》えるものはない」

「ばぶばぶばぶぶぶぶっばぶっばぶーっ、ママ、ぶーっ、ママぶーぶー、ママぶーっ」

「ばぶばぶのくせに、食えねぇだろうっ」

「ママぶーぶーぶーっ」

優馬と翡翠の仁義なき戦いを目の当たりにして、義孝は伏し目がちに詫びた。

「失礼した。翡翠くんが食べられるものを用意させる」

「そんなものはいい。月讀命のご神託とやらはどこで聞いているんだ？」

つい先ほど、自殺しようとしたのは誰だ。一刻も早く、真意を確かめたかった。自分にどこまでできるかわからないけれども。

「離れにある」

「連れて行ってくれ」

優馬が翡翠を抱いて立ち上がった途端、首の後ろに凄まじい衝撃を受けた。

「……うっ」

立っていられず、優馬は翡翠を抱いたまま床に崩れ落ちる。

義孝は貴公子然とした態度で微笑んだ。その白い手にはスタンガンがあった。

いったいどういうつもりだ、と優馬は文句を言うことさえできない。こんな時に限って、翡翠は騒がないし、暴れない。

薄れていく意識の中、力を振り絞って月讀命に救いを求めた。月讀命、師匠、弟子のピンチです、助けてください、と。

「私の弟子よ、それは私の役目ではない」

月讀命は何名もの美女を侍《はべ》らせ、酒を呷《あお》っていた。軽薄な遊び人そのものだ。


甘ったるい匂いがする。

バニラか生クリームかチョコレートかプリンか、スイーツに詳しくないからわからないが、甘い匂いがすることは確かだ。

「ばぶっ、ママ、ママ、ママ～っ」

小さな暴君がプリンや生クリームだらけの顔ではしゃいでいる。生クリームがべったりついた指を優馬のシャツで拭く。

「……翡翠？」

優馬は意識を取り戻し、夢想だにしていなかった場に直面した。

説明されなくても、月讀命を祀っている本殿だとわかる。電気はつけず、蝋燭《ろうそく》の明かりだけの聖域。

いや、聖域なのか。

明雲が宮司を務める神社とは異質の禍々《まがまが》しい気を感じる。伊勢の月夜見宮の清らかさとも雲泥の差だ。

「目覚めたのか」

義孝が白い袴を身につけ、短刀を手にしている。背後には白い袴姿の管理人、使用人たちが並んでいた。それぞれ、異様なムードを漂わせている。

「総代……二階堂義孝？　どういうつもりだ？」

優馬は祭壇の前、椅子に縛りつけられていた。周りには榊《さかき》が置かれ、まるで優馬が生け贄《にえ》のようだ。

傍らには生クリームのかかったプリンを舐めている翡翠がいた。同時にイチゴ味のヨーグルトも味わっている。

「優馬くん、僕には生きている資格がない」

歩道橋から飛び降りようとした時と同じように、義孝の目には生気《せいき》がなかった。普段、身に纏っている覇気もないが、背後には依然として黒い龍がついている。

「まだそんなことを言っているのかよ」

守護神が何をやっているんだ、職務怠慢《たいまん》だぜ、と優馬は義孝の背後にいる黒い龍に心の中で言い放った。

けれど、黒い龍の返事はない。

「君には生きる権利がない」

一瞬、義孝が冷淡な調子で何を言ったのか、優馬はまったくわからなかった。

「……は？」

「この世のため、月讀命に命を捧げよう」

義孝の意図が、優馬は理解できなかった。無意識のうちに、理解することを拒否したのかもしれない。

義孝が手にした短刀が優馬に向けられる。

ツン、と確かめるように喉元を切っ先で突かれた。

「……ちょ、ちょっと待て、龍に守られているのに何を言うんだっ」

「月讀命がお命《めい》じになった」

「月讀命はチャラ男神だけど、そんな無体な命令は出さない。守ってくれる龍に聞いてみろ」

優馬は神経を集中させて、義孝の背後にいる黒い龍と話し合おうとした。……話し合おうとして、その異質さに初めて気づいた。

翡翠や春暁とは違う。

明雲が宮司を務める神社で視た龍とも違う。

頭はひとつで角《つの》はふたつ、ここまでは春暁と同じだが、尻尾が八つに別れていた。何より、発散させている臭気が禍々しい。

優馬の脳裏に女の顔をしたカラスなど、今まで視た魔物が浮かび上がった。

「……ちょっと待て、龍神だと思っていたけど龍神じゃないのか？　龍によく似た魔物か？」

優馬が真っ青な顔で言うと、義孝の背後にいる黒いものが勝ち誇ったようにドス黒い火を噴いた。

その瞬間、優馬は凄絶な息苦しさに悶《もだ》える。翡翠もプリンとヨーグルトを手放し、咳き込みだした。

義孝や管理人、使用人たちは、焦点の定まらない目で祭壇に向かって頭を下げた。おそらく、全員、魔物に支配されている。

「……わかった……龍神じゃない……魔物だ……魔物に取り憑かれておかしくなっているんだ……総代……二階堂義孝、目を覚ましてくれ」

優馬が死に物狂いで言うと、義孝は虚《うつ》ろな目を向けた。聡明な優等生の姿は微塵もない。確実に魔物に操られている。

「月讀命がお命じになった。父は月讀命のご神託に従い、仕事を進め、巨万の富を得た。その代償を嫡子《ちゃくし》である僕が命で贖《あがな》わなければならない」

「義孝、違う。ここにいるのは月讀命じゃない。月讀命のふりをした魔物だ。騙されるなーっ」

「優馬くん、君を月讀命に捧げたらすぐに僕も追う。待っていてくれたまえ」

義孝の白い手が短刀を構え直した。

優馬の喉元に狙いをつける。

シャッ。

斬られた。

「……チャラ男、弟子を見殺しにする気かーっ」

大福を喉に詰まらせて死ぬよりマシか。大福を喉に詰まらせて死ぬよりひどいか。神様の弟子になってもコレか。縁のあった神様がいけなかったのか。つい先ほど、縁という意味の愛の珠を授けられたばかりではないか。

殺された。

殺されたと思った。

今回ばかりは殺されたと思った。

けれど、優馬の首は胴体から離れなかった。

義孝は短刀を握ったまま、優馬の前で固まっている。まるで命のない人形のように。

「くぉくぉくぉくぉくぉくお～ん」

義孝が短剣で優馬を斬り殺す直前、人間の赤ん坊だった翡翠が龍になり、管理人に激烈な緑色の矢を放ったのだ。

ぶわっ、と一瞬にして辺りは緑色の気で満ちる。

「……小さき龍よ、よくぞ見破った」

管理人の身体が薄れ、一際邪悪な鬼になったかと思うと、黒髪の月讀命になる。ガタガタガタガタッ、ガッシャーン、と祭壇が崩れ落ちた。

秀麗な男神の月讀命、陽の光に次ぐ月の神、天照大御神や須佐之男命とともに『三貴子』と呼ばれる特に貴い神。

その類《たぐ》い希《まれ》な美貌は優馬が知る月讀命だ。

けれど、髪の毛の色が違う。身に纏うオーラも違う。

「……月讀命？　月讀命の顔だけど、月讀命じゃねぇよな？　……え？　ニトロのボスに取り憑いていた魔物……闇月祢じゃねぇか？」

月と夜を統治する月讀命ではなく、どこか月讀命に似た闇月祢だ。先日、消滅したと思ったが、生き延びたのか。

ずっと暮らしていたマンションの管理人に闇月祢が取り憑いていたのか。管理人が闇月祢そのものなのか。

優馬は月讀命を付け狙うという闇月祢の力に怯えた。

「月讀命の弟子よ、私があれぐらいで消せると思うな」

あれは単なる私の分身に過ぎぬ、と闇月祢は勝ち誇ったように言い放った。翡翠から何本、緑色の矢を食らっても動じない。

強い。

半端なく強い。

これが神をも苦しめたという闇月祢の力か。

いくら翡翠が奮戦しても、まだまだ小さい。どんなに楽観的に考えても、勝敗の行方は明らかだ。

「チャラ男神、闇月祢を成敗するのは月讀命の役目だろ。遊んでいないでさっさと来い。翡翠はまだちっこいから無理だーっ」

優馬はすべての力を込め、真っ赤な顔で怒鳴った。

その瞬間、けたたましい音とともにドアかブチ破られ、木刀を手にした疾風が飛び込んでくる。背後には御幣《ごへい》を持った明雲が続いた。

「こいつら、イカれてるっ」

疾風は石像と化した義孝を木刀で打ち据え、失神させた。使用人たちも目にも留まらぬ早さで倒していった。

疾風が強いのか、守護神の毘沙門天が強いのか、どちらも強いのか、定かではないが、木刀を手にした疾風の強さは神がかっている。

バタンッ、という音とともに白い壁が物凄い勢いで動いた。その中から白装束姿の男たちが団体で現れる。それぞれ、手には鈍く光る拳銃が握られていた。

「これが噂の二階堂家の実働部隊か。二階堂社長はヤクザ顔負けのビジネスをしているそうだな」

いくつもの銃口を向けられても、疾風はいっさい動じない。これぐらいでビビるか、とばかりに鼻で笑った。

「手加減する必要はねぇな」

疾風は宣戦布告らしきセリフを投げると、崩れた壁から隣の広間らしき部屋に移動した。どうやら、爆発物を爆発させる気だ。

当然のように、拳銃を構えた白装束の男たちは疾風を追う。

「疾風、二階堂家を破壊してはいけませんよ」

明雲は疾風に注意をして、御幣を持ったまま残る。視線の先は龍に見える魔物だ。

「子供の頃から神と魔物の区別だけはできたのに、二階堂家の人々は龍神に守られていると見間違えてしまった。私としたことが……」

明雲は自責《じせき》の念を込め、龍に見えた魔物に向かって御幣を降る。守護神である淑やかに木花之佐久夜毘売《このはなのさくやひめ》は辺りに桜の花びらを舞わせた。

その拍子に、義孝が握っていた短刀が宙に浮き、邪悪な鬼となって優馬に迫る。

「うわっ」

優馬は足が竦んで動けない。

邪悪な鬼に食われる。

が、その寸前、翡翠の緑色の炎によって邪悪な鬼は焼かれた。優馬は指一本、動かすことができない。

聖なる炎はどんな魔でも浄化するのか。

絶大な力を誇る闇月祢に、翡翠の聖なる緑色の炎は善戦している。

善戦しているけれども。

優馬の脳裏におむつ姿の翡翠が浮かんだ。

「……まだ小さい……翡翠、お前はまだちっこいんだ。まだおむつのガキだ。さっさと、チャラ男を呼べ。闇月祢が狙っているのはお前じゃなくてチャラ男だ。チャラ男に戦わせろーっ」

優馬が大声で叫ぶや否や、どこからともなく金色の空気とともに甘い声が流れてきた。

「だから、私の弟子よ、また翡翠のプライドを傷つけたね。私が手を貸そうとしても、翡翠は自分で闇月祢を成敗《せいばい》するつもりだよ」

キラキラキラキラ、と眩《まばゆ》い光を放ちながら、月讀命は優馬の前に現れた。手にしていた

できた。

黄金の剣で優馬の拘束を解く。

ようやく、優馬は解放されたが、倦怠感が凄まじい。それでも、自分の足で立つことはできた。

「……え？　翡翠がひとりで？」

「翡翠は手出し無用、と私の援助を拒んでいる」

月讀命のしなやかな手が示した先は、闇月祢と真正面から戦う小さな翡翠だ。

「翡翠、無理だ。お前はまだちっこいから無理だ。お前はまだご飯もパンもラーメンも食えねぇんだぜ。せめてうどんが食えるようになってからにしろーっ」

ブシューッ。

優馬の顔に緑色の矢が放たれた。

「……痛、痛ぇ」

優馬は火傷《やけど》を負ったような顔を手で抑えた。

「だから、私の弟子、懲《こ》りないね。翡翠のプライドを傷つけるからだよ」

月讀命に呆れたように肩を竦められたが、今さらどうすることもできない。優馬は激痛に耐えつつ、翡翠の戦いぶりを見つめた。

「くぅくぅくぅくぅくぅくぅお～ん」

翡翠は闇月祢に苛烈な攻撃を仕掛ける。

優勢なのは翡翠だ。

けれど、闇月祢は消滅しない。

あと一歩、闇月祢を無に帰すにはもう少し何かが必要なのだ。それはなんとなくだが、優馬にもわかった。

「トドメが必要だね」

月讀命はあっけらかんと言うと、闇月祢の背後に回った。

「……月讀命、月と夜の支配権を渡せ」

闇月祢は月讀命によく似た甘い声で譲渡を迫る。

ちはやぶる神代――。

古事記に綴られている時代より、闇月祢は月讀命の位を虎視《こし》眈々《たんたん》と狙ってきたという。飄々《ひょうひょう》と躱し続けたのが月讀命だ。

優馬はそのように明雲から聞いた。

「いやだよ。姉さんに怒られるから」

月讀命は華やかな美貌を輝かせる。

――と同時にグサリ。

闇月祢の肝に黄金の剣を突き刺した。

シュワ……。

灰色の煙が辺りに充満する。

「……無念」

闇月祢の姿とともに龍に見えた魔物も消えた。

無に帰った。

これで二度と復活しない。

優馬も感覚的にわかる。

「チャラ男、決める時には決めるんだ」

優馬がほっと胸を撫で下ろしたのも束の間、怒髪天《どはってん》を突いた翡翠が迫ってくる。小さな龍神のべらぼうに高いプライドを傷つけたままだ。

「くぉくぉくぉくぉくぉくおーん」

ぶはーっ、と翡翠から緑色の炎を食らわされた。

「……わ、わかった。翡翠、お前は立派な龍神だ。立派だ。心配しただけなんだ……っと、心配する必要もなかった。強い。強い。強いぞ」

優馬は必死の形相で翡翠を宥め続けた。

「チャラ男……じゃねえ、月讀命、翡翠を宥めてください。月讀命の言うことなら、翡翠も聞いてくれるだろう」

月讀命に救いを求めたが、例の如く、風か何かのように無視される。明雲でさえ、口添えしてくれない。

どうしてこんな目に遭うのだと、優馬は自分の身を振り返る余裕もなかった。最も手強い敵は小さな翡翠だ。


落ち着いた場所は明雲が宮司を務める神社だった。もっとも、神域ではなく、優馬と翡翠が寝泊まりしていた屋敷の居間で息をつく。

明雲が慈愛に満ちた微笑を浮かべ、義孝に優しく尋ねた。

「義孝くん、目が覚めましたか？」

「はい。面目《めんもく》ない」

闇月祢の祭壇やお札など、そういった類のものをすべて燃やし、浄化したからか、義孝に陰鬱な陰はない。

優馬が知っている全校生徒の代表に戻った。

「……総代、何があったか覚えていないな。忘れたな。それでいいんだぜ。思いだすな。絶対に思いだすなよ」

優馬が躊躇《ためら》いがちに言うと、義孝は目を細めた。

「優馬くん、頭の中に霧がかかっているような気分だけど、すべて覚えている。僕は申し訳ないことをした。謝罪する」

義孝は背筋を伸ばした後、深々と腰を折った。何があったのかわからない、すべて忘れた、と誤魔化そうと思えば誤魔化せるのに。

「……やめてくれ。総代が悪いわけじゃない。あんな恐ろしいのに取り憑かれたら仕方がないぜ」

闇月祢に支配されていた義孝は、義孝であって義孝ではない。もし、義孝が意志の弱い男だったら、とうの昔に自ら命を絶っていただろう。

明雲はそのように義孝の芯の強さを褒めた。

けれど、義孝本人にはなんの慰めにもならなかったらしい。

「僕に隙がなければ取り憑かれなかった」

人は自分のためならば平気で大嘘をつく。自分のためならば他人を罠にはめる。優馬は自己弁護に長《た》けた輩《やから》に煮え湯を呑まされてきた。あくまで自分ですべてを背負おうとする義孝に感動さえ覚えてしまう。

「そんなに自分を責めるな」

生徒会長に選ばれるのは伊達《だて》じゃねえ、総代に選ばれるのは当然だ、と優馬は冷淡そうに見える同級生を尊敬した。

「父の罪も重い」

「オヤジさんが原因……いや、オヤジさんも魔物を呼ぼうと思って呼んだわけじゃない」

「いったい何がどうなってどのように流れたのか。

優馬は緑色の嵐であがいている気分だが、明雲と義孝の話をすり合わせれば自《おの》ずと判明する。

八年前まで、二階堂家では光り輝く月讀命を祀っていたという。取引先の倒産により、二階堂不動産が倒産の憂《う》き目に遭った時、義孝の父親の心に闇が溜まった。必然的に月讀命を祀る祭壇付近も闇で染まる。

『うわぁ、こんなにドス黒い気で満ちていたら私はいられない。春暁《しゅんぎょう》、帰るよ』

その闇が清らかな月讀命に愛想をつかされた原因だ。結果、先祖代々、二階堂家が崇敬《すうけい》してきた月讀命は去った。

空《から》っぽの祭壇に入ったのが、月讀命をつけ狙う闇月祢だ。

それ以後、闇月祢は二階堂家の人間を闇で染め変えた。最後まで抵抗していたのが、次期二階堂家当主である義孝だ。

「義孝くんを操るのが難しい、と闇月祢は感じたから、自殺するように仕向けたのでしょう」

「僕は自殺するつもりでした。今日、本気で歩道橋から飛び降りるつもりだった」

止めた優馬くんを恨んだ、今となればどうして自殺しようとしたのかわからない、と義孝は独り言のようにポツリポツリと続けた。

闇の支配が解け、本来の自分を取り戻している最中だ。

翡翠は闇月祢との戦いで疲れたのか、人間の赤ん坊の姿で寝ている。オヤジを凌駕する鼾《いびき》が煩《うるさ》いが、誰ひとりとして文句は言わない。優馬の膝はすでに翡翠の涎《よだれ》でベタベタだ。

「あの時、おかしかった」

優馬がズバリ言うと、義孝は肯定するように相槌を打った。

「ああ、君に助けてもらった」

「総代は……」

優馬の言葉を遮るように、義孝は凛とした声で言った。

「その呼び名はやめたまえ」

想定外の義孝の申し出に優馬は面食らった。

「じゃあ、なんて呼べばいい？」

「義孝、と名前で呼びたまえ」

優馬が知る限り、非の打ちどころのない秀才を下の名前で呼び捨てにしているのはひとりもいない。

すなわち、義孝から友人としての交流を求められたようなものか。

恵比寿と大黒天から授けられた『愛』の珠が優馬の脳裏を過ぎった。

潔癖なまでに潔《いさぎよ》い優等生の手を拒む理由はない。優馬は満面の笑顔を浮かべ、義孝に手を差しだした。

「ああ、俺も敬称なしで呼んでくれ」

「優馬？」

「そうだ。義孝」

優馬と義孝に友情らしきものが芽生えるや否や、ごごごごごご〜っ、と翡翠の鼾のボリュームが上がった。

単なる偶然か。

ワガママ大魔王だけにわからない。

明雲が神妙な面持ちで、優馬の膝で寝ている翡翠を指で差した。

「すべては翡翠くんのおかげです。翡翠くんに感謝しましょう」

そうでないと翡翠くんの怒りが爆発する、と明雲は暗に匂わせている。楚々とした宮司はその目で視ていた証人だ。

優馬は小さな龍神のプライドにほとほと参った。

義孝は視たり聞いたりできないが、非科学的な世界を認めている。すでに翡翠が龍神だと受け入れていた。

頑《がん》として受け入れないのが、龍の入れ墨を背に彫った父親から生まれた疾風だ。

「馬鹿らしい。全部妄想だ」

疾風にとって目に見えるものがすべてだ。今回のあれこれも、なんらかのトリックがあると考えている。

「疾風、じゃあ、どうして助けに来てくれたんだ？」

優馬が掠れた声で尋ねると、疾風は簡潔に答えた。

「お前のライン」

「二階堂義孝の家に行く、としかラインには書いていない」

「二階堂不動産にはきな臭い噂があった。長男とロシアン・マフィアのボスの娘と結婚させて、そちら関係で事業を拡大しようとしていた……らしい」

ロシアン・マフィアのボスの娘と義孝を結婚させ、それでどう事業を展開するのか、優馬には見当もつかない。ただ、義孝が拒絶した理由はわかる。

間違いなく、この縁談は闇月祢によるものだ。

「疾風はそれだけで乗り込んできてくれたのか？」

「明雲が騒いだ。いつもおかしな奴だが、今回は度を超していた」

「それで木刀で殴り込み？　あれ、殴り込みだよな？」

疾風は木刀だけでなく拳銃や爆発物も隠し持っていた。まさしく、暴力団の命知らずの鉄砲玉だ。

「二階堂家の奴らが意外と強かった」

疾風はもっと早く二階堂家の私設兵隊を制圧するつもりだったらしい。武闘派ならではのプライドが疼いたようだ。

背後の毘沙門天も不服そうにそっぽを向く。

「そりゃ、そうだろ。全員、鬼やら龍みたいな魔物が取り憑いていたんだから」

ニトロのメンバーに張りついていた鬼より邪悪な魔物ばかりだった。疾風を毘沙門天が守護していなければ危なかっただろう。

「優馬、目を覚ませ。お前は育児ノイローゼでおかしくなっている」

パンッ、と疾風は威嚇するように桐の卓を叩いた。

「俺は正気《しょうき》だ」

「第一、翡翠が龍神だと？　どこが龍神だ？」

疾風にとってあくまで翡翠はやんちゃな赤ん坊だ。龍ではない。

「疾風、馬鹿、翡翠のプライドを傷つけたらヤバい」

優馬と明雲は焦燥感に駆られたが、翡翠はぐっすり寝ている。己を侮辱した疾風に対する天誅《てんちゅう》はない。

「おい、寝ているぜ」

「……まぁ、疾風、お前はそれでいいさ。俺も今でも信じられねぇから」

疾風らしくていいかもしれない。優馬にしろ、夢を見ているような気がしないでもない。月讀命云々《うんぬん》より、疾風と義孝と一緒に膝を付き合わせていること自体、不思議だ。どちらも優馬と違って人目を引く男だから。

禰宜《ねぎ》がひょっこりと顔を出した。

「箱根土産《みやげ》をいただきました。どうぞ、召し上がってください」

桐の卓に箱根名物である黒たまごや黒饅頭、何種類ものかまぼこが並べられた。明雲が人数分のお茶を淹れる。

「確かに、腹が減った」

優馬は寿命が延びるという黒たまごに手を伸ばした。

その途端、膝で熟睡していた翡翠が起きた。

「ばぶっ、ママっ」

翡翠が物凄い勢いで優馬の口に飛びつく。

目当ては黒たまご。

「……ぐっ……ぶはっ……」

お前はまだ食えねぇ、と優馬は叫びたかったが叫べなかった。さっさと口に放り込んでしまえ、と黒たまごを口に投げ込んだのがいけなかった。

苦しい。

息苦しい。

黒たまごが喉に詰まった。

優馬は脂汗をだらだら流し、疾風に救いを求めた。

「優馬？」

疾風は雄々しい眉を顰め、義孝は怜悧な美貌を凍らせる。ふたりとも優馬を苦しめている原因に気づかない。

「ママ、ママ、ばぶっ」

よくも僕のたまごを取って食べた、と言わんばかりに翡翠が暴れる。ポカポカポカ、と小さな手で殴られ、優馬はノックアウト寸前。

霧の中、川が見えた。

単なる川ではない。

三途《さんず》の川だ。

「……もしかして、優馬くん、黒たまごを喉に詰まらせましたか」

明雲におっとりと指摘され、優馬は大粒の涙をポロポロ零しながら手を伸ばした。助けてください、と。

「優馬くん、僕の記憶が正しければ、君が月讀命の弟子になったきっかけは大福を喉に詰まらせたからでしたね？」

義孝が真顔で言うと、明雲が柔らかな声音で続いた。

「大福が原因で旅立つところ、月讀命様の弟子になることで助かったそうです」

「大福の次はたまご？」

馬鹿だ、と疾風が吐き捨てるように言った。

言われるまでもなく、自分が一番馬鹿だとわかっている。よくわかっている。痛いぐらいわかっている。

が、今は反省している場合ではない。

喉に詰まった黒たまごをなんとかしてほしい。

月讀命、助けてください、と優馬は涙目で美麗な神に縋ったが、返ってくるのは疾風や義孝の呆れたような溜め息。

翡翠の雄叫びのボリュームがさらに上がり、優馬の苦しみも呼応するように増した。

大福を喉に詰まらせて死ぬより黒たまごを喉に詰まらせて死ぬほうがマシか、不運の連鎖はしつこく続いているのか、神様の弟子になった成果はないのか、恵比寿や大黒天からもらった愛はどうなったのか。

息も絶え絶えの優馬の脳裏を走馬燈《そうまとう》のようにぐるぐると回る。

「優馬くん、お水をたくさん飲みなさい。疾風、翡翠くんを抱いていてください」

明雲の指示通り、優馬は死に物狂いで水を飲み続んだ。苦しくても飲み続けた。ただただ三途の川を渡りたくない一心で。

三日後、闇月祢が完全に消滅したと、明雲は守護神の木花之佐久夜毘売から聞いたという。優馬は義孝の背後に白い龍を視た。

「義孝の後ろに白い龍がいる」

優馬が小声で義孝に耳打ちすると、傍らにいた明雲がにっこり微笑んだ。

「義孝くんがこの世に誕生する前から守っていた龍です」

闇月祢に取り憑かれた際、それまで義孝を守護していた白龍が追いやられたのだ。今回、闇月祢が消滅し、ようやく義孝の守護に戻れたのだろう。

「心から感謝する」

義孝に深々と腰を折られ、優馬は首を大きく振った。これ以上、義孝に頭を下げさせるつもりはない。

「……さて、優馬くん、本当に帰るのですか？」

明雲は寂しそうに哀愁を漂わせたが、優馬は引きずられたりはしなかった。

「はい。お世話になりました」

「いつまでもうちにいてください」

「そういうわけにはいきません」

「優馬くんひとりで翡翠くんのお世話はできません」

「それこそ、翡翠のプライドを傷つける言葉です。翡翠はすぐに大きくなって、立派な奴になって、巣立っていきます」

一刻も早く成長しろ、一日も早くデカくなれ、夏休み中に成人しろ、と優馬は心の中で翡翠にプレッシャーをかけている。事実、翡翠の成長は早い。

「優馬くん、それはあなたの願望ではありませんか？」

「夏休みが終わるまでに、翡翠は立派な男になるでしょう。それでこそ、龍神です」

龍神なら後期開始までに成人式だぜ、と優馬は疾風に『高い高い』されてご満悦《まんえつ》の翡翠を眺めた。

「優馬くん、甘いと思います」

甘い、という言葉が棘となって優馬の心に突き刺さる。

「明雲さんまでそんなことを言わないでください」

「考え直してください。また大福を喉に詰まらせますよ」

明雲はこれ以上ないというくらい真剣な顔で言い放った。背後にいる木花之佐久夜毘売も神妙な面持ちだ。

「……ど、どうしてここで大福が……もう二度と大福は食べません」

「たまごを喉に詰まらせたら誰に助けてもらうのですか？　翡翠くんは助けられませんよ？」

「たまごは二度と食わない……なんてことはありませんが、もう二度と喉に詰まらせたりはしませんっ」

「寂しいから帰らないでください」

明雲の本心がポロリと吐露《とろ》され、優馬はありったけの感情を込めて言った。

「結婚したらどうですか」

「私は神に仕える身ですから」

「そんなの、宮司さんだって結婚している。お坊さんだって結婚している」

明雲本人に結婚する意思がないのは明白だ。背後の木花之佐久夜毘売も困惑したように頬に手を当てている。

「優馬くん、私の養子になりませんか？　うちの跡取り息子に……」

明雲の言葉を遮るように、優馬は腹の底から力んだ。

「帰ります。お世話になりました」

明雲にはさんざん引き留められたし、疾風や義孝にも反対されたが、優馬は翡翠を連れて自宅のワンルームマンションに帰った。

マンションの気が淀《よど》んでいたが、住めないほどではない。これくらい耐えられなければ、どこにも行けなくなるだろう。

管理人室に初老の管理人はいない。

管理人は闇月祢に取り憑かれ、浸食され、そのまま亡くなってしまった。管理人室にいた初老の管理人は、闇月祢の分身そのものだったらしい。明雲からそう説明され、優馬は背筋を凍らせた。結局、実家を出て以来、魔物が管理するマンションで暮らしていたのだから。

けれど、もはや魔物は消滅した。

今後、快適な日々を過ごせると思った。

しかし、マンションの住人は優馬の顔を見た途端、悲鳴を上げながら逃げて行った。

「……ひっ……ひーっ……」

優馬の背後には、存在感抜群の疾風と義孝がいる。それぞれ、手には翡翠の荷物や食材、日用雑貨があった。

「……今の奴、疾風を見てビビったんだよな？」

優馬が確かめるように言うと、疾風と義孝は同時に首を振った。

明らかに視線の先は翡翠を抱いた優馬だった。背後にいる疾風と義孝ではなく、優馬に対する恐怖だけで逃げたのだ。

　翡翠は優馬の胸でぐっすり寝ている。

「いったいどうなっているんだ」

　エレベーターから出てきた運動部所属の学生たちは、優馬の顔を確認した瞬間、背筋をピンと伸ばして一礼した。

「……あ、あ、あ、あ、優馬くん……お帰りなさい……」

「……優馬くん……あ、あの……あのニトロを制圧しただけじゃなくて……すごいですね……常盤の誉《ほま》れと称《たた》えられる強さです……」

「……あ、湘南のギャングも渋谷のチームも指定暴力団・斯波《しば》東和《とうわ》会系笠谷《かさたに》組を制圧したとは無敵のキングです……」

「……優馬くんは……あ、あ、あの狂犬の疾風と総代も従えたんですね……常盤の影のドンです……影のドン……」

　運動部所属の学生たちは一様に優馬を褒め称え、逃げるように去って行く。もちろん、優馬は何がなんだかわからない。

「疾風、義孝、あれはなんだ？」

　優馬が怪訝な顔で首を傾げると、疾風はシニカルに口元を緩めた。

「どうやら、俺と義孝はお前の舎弟《しゃてい》だ」

常磐学園大学において、疾風と義孝は最も注目を集める学生だ。ほかの学部であれ、違う学年であれ、疾風と義孝を知らない学生はいない。

その双璧ともいうべき学生が舎弟というのか。

「……はぁ？」

疾風にしろ義孝にしろ手下に見えるのは俺だ、という確固たる自信が優馬には悲しいくらいあった。

「俺、お前の舎弟に見えないか？」

疾風の両手は翡翠のものと食材、二リットルのペットボトルで塞がれている。未だかつて疾風を荷物係にした者はいないだろう。

それは優馬にもわかるが、だからといってどうして舎弟になるのか。

「舎弟？　ヤクザか？」

「パシリかもな？」

疾風は喉の奥だけで笑っているし、義孝も楽しそうに目を細める。自分に自信がある男は、誰かの手下扱いされても動じないのかもしれない。

いや、ふたりとも初めての経験だろう。

「疾風がパシリ？　俺がパシリだろう？」

優馬が目を白黒させていると、空手部所属の学生が団体でやってきた。お約束のように、優馬を見た途端、いっせいに腰を折る。

「……っ……優馬くん、お帰りなさい」

「優馬くんの勇名《ゆうめい》は轟いております。次、どこかの組織を壊滅させる際には是非、メンバーに入れてください」

「自分も総代や疾風くんと同じように優馬くんに従います」

「今日のところはご挨拶だけで失礼します」

空手部所属の学生たちは再度、優馬に向かって深々と頭を下げた。まるでどこぞの軍隊の如き礼儀正しさだ。

「……い、いったいなんだ？」

優馬はわけがわからない恐怖に駆られ、自分の部屋に早足で進んだ。とりあえず、周囲の自分に対する評価が変わったことは確かだ。

「僕も優馬のパシリとやらですか？」

義孝が楽しそうに尋ねると、疾風はニヤリと口元を緩めた。

「パシリじゃなきゃ、トイレットペーパーは持たないだろう」

義孝の白い手には、明雲が優馬に持たせてくれたトイレットペーパーがあった。ミスマッチなんてものではないが、あまりにも滑稽《こっけい》すぎて笑えない。

「そうですか？」

「ああ」

「僕、トイレットペーパーを持って歩いたのは初めてです」

義孝の頬はいつになく紅潮していたし、守護神の白い龍も楽しんでいるようだ。

「……だろうな」

「パシリは面白い」

義孝が目を輝かせて言うと、疾風は苦笑を漏らした。

「そうか」

「貴重なパシリを体験させてもらった。優馬に感謝しなければならない」

疾風と義孝の会話に、優馬は頬を引き攣らせた。

「義孝、感謝する必要なんてねぇから」

これ以上、疾風と義孝の荷物持ち姿を人目に晒したらヤバい、と優馬は慌てて自分の部屋に進んだ。

けれど、二〇一号室の前に屈強な男たちが集まっている。

「……な、なんだ？」

優馬が驚愕で下肢を震わせると、疾風と義孝が盾になるように立った。そうして、疾風がひとりで乗り込んでいく。

「おい、そこで何をしている？」

疾風が凄絶な迫力を張らせると、屈強な男たちはいっせいにお辞儀をした。

「……あ、疾風さん、お帰りなさい」

「お前、ニトロのトップじゃねぇか。最上コウだったな？」

疾風が指摘した通り、優馬も自室の前にいた男に見覚えがあった。ニトロというギャングのトップだった最上コウだ。

仕返しだ、と優馬は身構えたが、それにしてはおかしい。何より、コウの背後に邪悪な鬼はいなかった。

ほかの男たちの後ろにも魔物はいない。ただ、守護神もいなかった。

「俺は考えを改めました。俺たち、全員、疾風さんと一緒に小野優馬さんの下につきます。疾風さん、どうかお口添えをお願いします」

ガバッ、とコウはその場に手と膝をついて頭を下げた。ほかの屈強な男たちもいっせいに土下座だ。

異様な光景なんてものではないが、疾風はまったく動じなかった。

「……やっぱり、俺が優馬の手下になっているんだな？」

「さすが、疾風さんが選んだ男です。疾風さんだけでなく、常磐のトップ学生も従ったと聞きました。俺たち、旧ニトロは優馬さんについていきます」

「優馬についていってどうするんだ？」

「優馬さんの行くところが俺たちの行くところです。なんでも、お申しつけください。命令とあれば、どこのギャグであれ、チームであれ、ヤクザであれ、制圧します」

疾風とコウの会話を聞けば聞くほど、優馬の気が遠くなった。けれど、こんなところで優馬は倒れるわけにはいかない。

ここで話し合って誤解を解くべきか、無視して逃げるか、逃げられるか、優馬は義孝という盾に隠れて迷った。

義孝はいつもと同じように淡々としている。

「……ばぶっ？」

ぐっすり寝ていた翡翠が起きた。

ヤバい、ここにいるとバレる、と優馬は反射的に物凄い勢いで階段を駆け下りた。後ろから足音がする。

もっとも、追いかけてきたのは、元ニトロのメンバーではなく義孝だ。

「優馬、どうしたのですか？」

「逃げる」

見つかったら終わりだ、と優馬は肌で感じ取った。

「どこに？」

「避難……避難先……海外に逃げたいけど無理……実家に俺の居場所はねぇ……あぁ、明雲さんのところしかない」

逃げ込む先といえば、明雲が宮司を務める神社しかない。つい先ほど、明雲に一方的に別れを告げて、強引に出てきたというのに。数日分の食材や雑貨ももらったというのに。

「うちにいらっしゃいますか？」

歓迎します、と二階堂家の子息は悠然と微笑んだ。

「……いや、無理だ。明雲さんに頼む」

優馬はそそくさと停車していた疾風の車に乗り込んだ。ぐずる翡翠をあやしつつ、ラインで疾風にメッセージを送った。

『逃げる。ニトロの奴らをまいて来い』

ラインに疾風から返事はない。ただ、一分もしないうちに疾風は現れた。シャープな動作で運転席に乗り込む。

すぐ、コウを筆頭に元ニトロのメンバーが追ってきた。

「疾風、どうなっているんだ？」

優馬が翡翠をあやしながら尋ねると、疾風は険しい形相でアクセルを踏んだ。

「話は後だ。優馬は顔を隠していろ」

疾風に言われた通り、優馬は車窓から見えないように顔を隠す。察するに、元ニトロのメンバーの説得に失敗したのだろう。

バックミラーを確認する疾風の双眸が鋭い。

瞬時に元ニトロのメンバーたちとカーチェイスを始まった。

「……うっ……ぐっ……疾風……」

疾風の安全を完全に無視した運転に唸ったのは優馬だけだ。義孝は平然としているし、翡翠は怖がるどころかはしゃいでいる。

「優馬、隠れていろ」

「……痛……舌を噛んだ……」

舌を噛んだ痛みで、優馬は生理的な涙を流した。喉に大福やたまごを詰まらせるよりマシ、と反射的に比べてしまう自分に気づき、なんとも言えない気分になる。

「黙っていろ」

疾風はアクセルを踏み続ける。

「……疾風……酔う……」

「無敵の帝王のくせに弱いな」

一人歩きした小野優馬の噂は恐ろしいぐらい優馬本人からかけ離れている。いったいどんな超人だ。

「……だ、誰が無敵の帝王……うっ……」

追い打ちをかけるように、翡翠に頬をペチペチ叩かれる。優馬の目の前に三途の川が現れたような気がした。

「……三途の川……」

霧の中に三途の川。

もはや、見間違えることのない三途の川だ。

「優馬、お前はいったい何度、三途の川を見たら気がすむんだ」

疾風は呆れ顔で言ったが、左手でハンドルを操りつつ、右手でスマートフォンを操作した。どうやら、相手は父親が金看板を背負う板東一場組の構成員だ。

「……あ、カシラか？　俺の後をつけてくる奴ら、全員、消せ」

疾風の強烈な指示に、優馬はくぐもった悲鳴を上げた。それで通じたらしく、疾風は指示を変えた。

「……ああ、消す必要はない。元ニトロの奴らだ。悪さをしたわけじゃねぇ。ただ単に捲きたいだけだ……あぁ……あぁ、頼む……」

疾風が話し終えた後、一分も経たないうちに何台もの車やバイクが現れ、元ニトロのメンバーたちを撹乱《かくらん》する。

瞬く間に、優馬を乗せた車は元ニトロのメンバーたちを振り切った。これが時に国家権力も凌駕するという板東一場組の機動力か。

「優馬、もういいぜ」

疾風の言葉により、優馬は座り直した。車内は冷房が効いているが、優馬には脂汗が噴きでている。

ただ、翡翠はご機嫌で手足をバタバタさせていた。

「疾風、どういうことだ?」

「だから、聞いていただろう。そのままだ」

疾風はポーカーフェイスで言ったが、優馬の顔は醜悪に歪んでいた。

「……なんか、俺が凄い奴になっていないか?」

優馬は子供の頃から誤解されてきた。誤解に誤解を重ねてきたと言っても過言ではない。しかし、今回の誤解は今までとはまるで違う。噂には尾鰭《おひれ》がつくと知っているが、途方もない尾鰭のつき方だ。

「お前、関東一円のギャングのトップに立つか?」

疾風はハンドルを左に切りながら、シニカルに口元を緩めた。元ニトロのメンバーが何を言ったのか、それだけで手に取るようにわかる。

「冗談じゃねぇ」

「関東一円のヤクザもお前に注目しているらしいぜ。そのうちスカウト合戦が始まる」

「……じょ、冗談じゃねぇ。俺は真面目な学生だ」

優馬が真っ赤な顔で力むと、翡翠が甲高い雄叫びを上げた。

「ばぶばぶーっ、ママ、ママ、ばぶーっ、ばあば、ばあば、ばぶーっ」

翡翠の小さな手は明雲からもらった高野山のゆるキャラのぬいぐるみがある。明雲と真言宗にどんな関係があるのか、優馬は聞く気にもなれない。

「翡翠、ばあば、って明雲さんのことだな？」

どう考えても、翡翠の口にする『ばあば』は明雲だ。

いくらなんでもそれはないだろう、ママよりマシか、ママよりひどいか、ママよりはマシだよな、という思いが優馬の中でせめぎ合っていた。なんにせよ、優馬は翡翠の言葉を直せないから。

「ばあば、ばあば、ばぶーっ」

「ひょっとして、明雲さんのところが気に入ったのか？」

なんというのだろう、自分でもわけがわからないが、優馬は翡翠のはしゃぎっぷりが引っかかった。

「ばあば、ばぶーっ」

翡翠のつぶらな瞳に明雲手作りのプリンが視えた。そう、蒸し器で作るクマ型のプリンやパンダ型のプリンが視えたのだ。ヨーグルトも視えるし、明雲が丁寧に作った離乳食も視える。翡翠が優馬にわからせようとして視せたのかもしれない。

「翡翠、お前はプリンとヨーグルトにつられたな。明雲さん特製の離乳食も好きだよな」

明雲は翡翠のために常に何種類ものプリンとヨーグルトを用意している。翡翠は明雲手作りの離乳食もお気に入りだ。

「ばぶっ、ばあば、ばあば、ばあば」

ママが買う安いプリンやヨーグルトはいやだ、と翡翠が咎めているような気がした。

「……う……うぅ……お前は食い物に……」

疾風は優馬に行き先も確認せず、アクセルを踏み続けた。車中、ずっと翡翠はご機嫌で、『ばあば』を連呼し続けている。

そうこうしているうちに、疾風がハンドルを握る車は明雲が宮司を務める神社に到着した。鼓膜を突き破りそうな翡翠の雄叫びが響き渡る。

「……翡翠、煩い。頭に響く」

「ばあば、ばあば、ばぶばぶばぶっ、ばあば、ばあば、ママ、ばあば、ばあばーっ」

優馬は興奮する翡翠を抱き締め、黒いフェラーリから降りた。水色の龍神や白い龍神が出迎えてくれる。

「月讀命の弟子、この地で暮らせ」

「月讀命の弟子よ、そなたが住む地はここであると月讀命が定められた。己の使命から逃げるなかれ」

優馬は翡翠を抱いたまま、青い空を見上げ、文句を言おうとした。使命とはなんだ、と。

まだ何かあるのか、と。

　だが、疾風に急かされて、思い留まった。

「優馬、さっさと来い」

「……ああ」

　優馬の顔色の悪さに、疾風は思うところがあったようだ。

「気分が悪いのか？　また何か喉に詰まらせたのか？」

「何も食っていねぇだろ」

「お前なら何も食わなくても喉に詰まらせるんじゃないか？」

　疾風の中で自分の評価がとんでもなく低いことを知る。優馬は疾風を守っている毘沙門天を眺めながら言い返した。

「いくらなんでもそれはない」

「優馬、お前ならやりかねん」

　空気でも喉に詰まらせて三途の川を見る奴、と疾風は暗に揶揄《やゆ》している。傍らの義孝も同意するように相槌を打った。

「疾風、無口な奴だと思ったけど、こういうことはよく喋るな」

「……お前だから」

「どういう意味だ」

「翡翠のママ、さっさと行くぜ」

「誰がママだっ」

こんなところで文句を連ねても仕方がない。何より、もはや文句が言える立場ではない。この際、明雲に甘えるしかないのだ。

インターフォンを押す必要はなかった。

拝殿から袴姿の明雲が静々と降りてくる。

「ようお戻りです」

明雲に慈愛に満ちた微笑で迎えられ、優馬は翡翠を抱いたまま一礼した。

「明雲さん、戻ってきてしまいました」

「優馬くん、いついつまでもいらしてください」

明雲だけでなく守護神の木花之佐久夜毘売も嬉しそうに微笑んでいる。歓迎するかのように、辺りに桜の花弁が舞った。

桜の花弁は浄化だと、優馬は感覚で悟る。

自宅だったマンションの気が淀んでいたから、少し居ただけで、その影響を受けたのかもしれない。

「そういうわけにはいかないと思ったのですが、想定外のとんでもねぇコブラになっていて……俺は何を言っているんだ……」

優馬は支離滅裂な自分に気づき、がっくりと肩を落とした。代わりに、胸にいる翡翠が無邪気な笑顔で言った。

「ばあば、ばぶーっ、ばあば、ばあば、ばあば、ばぶーっ」

ばあば、と翡翠が手を差しだした先には、可憐な巫女と見間違える明雲がいる。優馬の背筋に冷たいものが走った。

「……っ、翡翠、ばあば、はないだろう。ばあば、は……」

優馬は慌てて翡翠の口を手で塞いだ。

ペロリ、と翡翠に手を舐められる。

優馬は艶然と微笑む宮司に恐る恐る視線を流した。

「……あ、あの……明雲さん……今の、聞いていましたか？」

「はい」

「……す、すみません……いいえ、気のせいです。耳の空耳です。翡翠はわけのわからないことばかり言いやがる奴で……っ……ぶっ」

ゴツン、と優馬の顎に翡翠の小さなゲンコツが繰りだされた。意外なくらい痛い。

「優馬くん、翡翠くんのプライドを傷つけてはいけません」

翡翠に注意されるまでもなく、翡翠を怒らせたら危険だと身に染みて知っている。優馬は神妙な面持ちで頷いた。

「……はい」

「さぁ、翡翠くん、ばあばですよ。翡翠くんの好きなかぼちゃプリンがありますからね。マンゴープリンにしますか？」

明雲は天女の如き微笑を浮かべ、翡翠に両手を差しだした。自ら『ばあば』を名乗る。

「ばあば、ばあば、ばあば」

翡翠は『ばあば』こと明雲に小さな手を伸ばし、そのまま抱かれた。嬉しそうに雄々しい雄叫びを上げる。

「さぁ、翡翠くん、おうちに入りましょうね。翡翠くんとママのお部屋はそのままにしていますからね」

「ばぶっ、ばあば」

「翡翠くんとママが戻ってくるってわかっていましたよ。これから一緒に暮らしましょうね」

「ばあば、ばぶばぶばぶーっ」

「わかっていますよ。ばあばは翡翠くんの好きなプリンを毎日、作りますからね。これからはヨーグルトも作ります」

明雲は翡翠を抱き、軽やかな足取りで屋敷に入っていく。まさしく、孫を目に入れても痛くないぐらい溺愛している祖母だ。

その姿を優馬は呆然と見送った。

「……明雲さん、ばあばでいいのか」

優馬が独り言のようにポツリと零すと、明雲に抱かれた翡翠が可愛い声で呼んだ。

「パパ、じいじ、パパ、じいじーっ」

パパとじいじ、とはいったいなんだ。誰のことだ。優馬の隣には刃物を連想させる美丈夫と眉目秀麗な名家の子息がいる。

「パパーっ」

翡翠の小さな手がぶんぶん振られ、応じるように疾風がのっそりと進む。

「俺のことだな」

疾風は『パパ』をすんなりと受け入れた。

「じいじ、じいじーっ」

翡翠の小さな手は、氷の彫像のような優等生にも降られる。優馬の口から心臓が飛びだした。……ような気がした。

「僕のことですね」

この世に生を受けて以来、褒め称えられ続けた秀才もあっさりと『じいじ』という呼び名を受け入れた。

拍子抜けなんてものではない。

パパこと疾風と、じいじこと義孝を呼び寄せると、翡翠は無邪気な笑顔を浮かべた。仕上げとばかりに、優馬に向かって小さなゲンコツを振り回す。

「ママ、ママ、ママ、ママーっ」

翡翠のみならず明雲や疾風、義孝の視線が優馬に注がれた。

「ママ、翡翠くんが呼んでいますよ。早ようお入りなさい」

明雲は翡翠を抱き直すと、屋敷に入っていった。孫を溺愛する祖母以外の何者でもない。

「おい、ママ、翡翠が呼んでいるぜ」

疾風はシニカルに口元を緩め、義孝は意味深に目を細める。

「ママ、翡翠くんがお呼びです」

ここで優馬が『ママ』を拒否することはできない。拒絶したいけれども、凄まじくも静寂な迫力に負けた。

「……お前ら……確かに、ママに比べたらパパやじいじのほうがマシだよな……ママが一番ひどいよな……」

優馬はブツブツ零しつつ、疾風と義孝の背を追った。

さしあたって、あまりにもいろいろとありすぎた。この際、翡翠の呼び名など、なんてことはない。

高天原《たかまがはら》の宴会か。

笛の音や鈴、太鼓に合わせ、肌も露わな美女が踊っている。

月讀命が大勢の美女を侍らせ、極上の日本酒を飲んでいる。その傍らには、明雲の守護神である木花之佐久夜毘売や弁財天もいた。

よくよく見れば、木花之佐久夜毘売の膝でプリンを食べさせてもらっているのは翡翠だ。最高の笑顔を浮かべている。

翡翠、いったい何をやっているんだ、と優馬は声を出すことさえできない。夢か。夢なのか。夢なのだろう、と。

『月讀命、数多の国津神《くにつかみ》を苦しめた闇月祢を成敗なさるとはさすがですわ』

色気たっぷりの美女に褒められ、月讀命は得意そうに微笑んだ。

『まぁね』

木花之佐久夜毘売の膝にいた翡翠も、周囲の美女たちから頭を撫でられ、勝利を称える口づけをされた。

ばぶっ、と翡翠は勝利宣言をしながら、プリンのおかわりを求める。

食い過ぎじゃねぇか、と優馬は翡翠のぽんぽこりんになった腹部を眺めた。そのパーツだけ見れば龍ではなく狸《たぬき》だ。

『月讀命様の手に負えなければ、須佐之男命様に頼むしかないと、天照大御神様は思い詰めていらっしゃいましたもの』

根の国の主は猛々《たけだけ》しくて恐ろしい、とおとなしそうな美女や可愛いタイプの美女が囁き合った。神話の時代より須佐之男命に対する恐怖は消えていないようだ。

『甘ったれの弟に回すまでもない』

『月讀命様、なんて頼もしい。美しいだけでなく、お強いなんて、最高の神ですわ』

多くの美女たちに絶賛され、月讀命は機嫌がいい。類い希な美貌がさらに輝き、その場の気も変わった。

きんきらきらきら。

月讀命の背後に眩い満月が浮かぶ。

『闇月祢を成敗した月讀命様ですもの。八岐大蛇《やまたのおろち》を退治できますわね？』

八岐大蛇、と色っぽい美女が口にした途端、その場に緊張感が走る。月讀命と翡翠以外、美女たちの恐怖が気を凍らせたのだ。

『八岐大蛇？　須佐之男が退治した八岐大蛇か？』

飲み過ぎたのか、有頂天になっているのか、定かではないが、月讀命は神話に登場する恐ろしい魔物にも動じなかった。

『須佐之男命様が退治した八岐大蛇の子供が生きておりました。人々だけでなく我ら神々も苦しめられています。月讀命様なら八岐大蛇など、苦もなく退治してくれますわね？』

　色っぽい美女にしなだれかかれ、月讀命は笑顔で承諾した。

『いいよ』

　須佐之男にできて兄である私にできないことはない、と月讀命は金色のオーラをさらに輝かせながら言った。

『月讀命様、さすがですわ。摂津《せっつ》で多くの人や神を食べたムカデがおります。天津神《あまつかみ》も食べられましたが、月讀命様なら簡単に退治できますわね』

『私に任せなよ』

　あれよあれよという間に、美女たちに乗せられ、月讀命は何件もの魔物退治を請け負った。少し話を聞いただけでも、尋常ならざる魔物ばかりだ。

　神をも飲み込む魔物ってなんだよ、ムカデに大蛇にオオカミって半端じゃねぇだろ、チャラ男神はおだてられていい気になっている場合じゃねぇぜ、と優馬は月讀命に文句を言いかけ、はっ、と我に返った。

　これは夢だよな、絶対に夢だよな、俺には何も関係ない夢だよな、俺の現実にはなんの関係もない夢だよな、と。

『月讀命様、いつ、退治してくださいますか？』

『弟子がいる。大福やたまごを喉に詰まらせる弟子だけど、見目《みめ》はなかなかいいから期待していいよ』

月讀命は一呼吸おいてから、優馬に向かってウインクを飛ばした。

『……そういうことだから、私の弟子、使命を果たすように』

これはいったい何事だ、夢ではないのか、現実なのか、天の神々も食べた魔物退治ってなんだよ、無理だろ、と優馬は血相を変えて反論した。

けれども、それまでだ。

優馬はプリン怪獣に見つかってしまった。

『ママ』

プリンでドロドロになった翡翠が飛びついてくる。咄嗟のことで阻《はば》めない。重い。苦しい。甘ったるい。

「……翡翠……離れろ……苦しい……」

優馬が息苦しくて目を覚ますと、顔にはまんまるとした翡翠がへばりついていた。昨夜、風呂上がりに着せたライトグリーンのベビー服のままだ。

いや、ライトグリーンのベビー服にプリンがべったりとついている。おかしい。昨夜、風呂から上がった後は何も食べさせていない。

ただ、夢の中で翡翠はプリンを手で食べていた。月讀命と一緒に多くの美女たちに囲まれて。

「……ま、まさか、あれは夢じゃなかったのか？」

月讀命が請け負った新たな魔物退治を思いだし、優馬から血の気《け》が引く。まったくもって、生きた心地がしない。

しかし、今、対処しなければならない問題ではない。まず、解決しなければならない問題は、顔に張りついているワガママ大王だ。

「……っ……こいつ、絶対に太ったぜ」

優馬は隣室で寝ている疾風に救いを求めた。

「……疾風、疾風、助けてくれーっ」

疾風が白鞘の長ドスを持って現れるのもいつものこと。

「優馬？」

「助けてくれ」

優馬は疾風に向かって差しだす手に力さえ込められないが、翡翠は楽しそうに雄叫びを上げ続けた。

「またか」

「翡翠にとって俺の顔はなんだ？」

「俺が知るか」

優馬と疾風、ふたりがかりでも翡翠は引き剥がせない。ここでプリンを持った明雲が現れ、ようやく翡翠は優馬の顔から離れた。

毎朝、恒例の行事だ。

「……疾風、これは朝のお勤めか？」

「そうかもな」

翡翠に教育することは無理だ。ならば、こちらが慣れるしかないのか。こちらが上手く立ち回るしかないのか。

優馬はがっくりと肩を落とした。

いや、肩を落としている暇もない。

『ママ、パパ、ばぶばぶ、ママ、パパ、ばぶばぶばぶっ』

プリンに釣られた翡翠が居間から優馬を呼んでいる。

『ママとパパ、翡翠くんが呼んでいますよ。早よういらっしゃい』

明雲の言葉に頬を痙攣させたが、優馬と疾風は声のする部屋へ向かった。そうして、ふたり揃って絶句した。

いったい何があったのか。

翡翠と明雲は血まみれ。

いや、血ではない。

イチゴジャムまみれだ。

「翡翠くんの手の届くところにジャムを置いたばあばが悪かったのです。悪いのはばあばです」

パンダ模様の茶碗の中から察するに、今朝の翡翠の離乳食はトマト味だったのだろう。

白いプレートの残骸を見る限り、優馬と疾風の朝食はケチャップがかけられたオムレッとトーストだった。イチゴジャムの瓶がチョコレートソースとともに転がっている。

「……い、いや、明雲さんに落ち度はねぇ」

犯人はこいつだ、と優馬は明雲に抱かれたケチャップ怪獣を差した。

ベチャッ。

ケチャップ怪獣の小さな手からケチャップが離れる。

「……こ、こいつ……」

優馬が怒りで身体を震わせると、疾風が呆れたように言った。

「優馬、いい加減で学習しろよ。翡翠相手に何を言っても無理だ」

確かに、疾風の言う通りだ。疾風の言う通りなのだが。優馬は痛みだした頭を抑えつつ、ケチャップ怪獣と格闘した。

部屋の掃除をした後、優馬は疾風と一緒に朝食を摂り、袴姿で社務所《しゃむしょ》に入る。なんのことはない、優馬は神社でバイトすることになったのだ。

ちょうど、巫女がふたり、相次いで結婚退職して、人手を探していたという。翡翠を抱えてできるバイトはほかにない。

優馬は翡翠を膝であやしつつ、参拝者にお守りを売った。


厳しい残暑が続いたが、夜の風は秋になった。

危惧していた旧ニトロのメンバーは押しかけてこないが、代わりのギャングやチームが次から次へと現れた。

もちろん、優馬は断固として拒む。疾風や義孝の力も借りて追いはらった。

疾風も泊まり続けるし、毎日のように義孝が差し入れを持って顔を出すし、いつの間にか、屋敷は一種の下宿所と化していた。

夏期休暇が終わり、明日から後期が始まる。

「優馬、大学側に了解を得ました。翡翠くんを連れて通学してください」

義孝の信用と父親の力か、子連れ通学が認められた。

優馬は驚愕で摘まんでいた塩煎餅《しおせんべい》を床に落としてしまう。すかさず、翡翠が拾って口にしようとした。

間一髪、疾風が床に落とした塩煎餅を拾い上げる。

いつまでも、翡翠にやられっぱなしではない。侮《あなど》れない赤ん坊に対する包囲網ができあがっていた。

「……え？　赤ん坊を連れて大学に行ってもいいのか？　講義は？」

夏期休暇が終わる前に翡翠が成人する夢は儚《はかな》くも散った。成人どころか、まだおむつだし、離乳食も卒業していない。

最悪、休学するしかない、と優馬は覚悟を決めていた。翡翠は明雲にいくら懐いても、優馬がいなければ喚く。

「翡翠くんと一緒に講義を受けたまえ」

「嘘だろう？」

常磐学園大学は旧制中学の名残が強く、単なる名門校ではない。学生の自主性を尊重してくれるし、どちらかといえば豪放で快活な校風だが、だからといって学生の本分を逸脱《いつだつ》したら、容赦ない処分が下される。どんな権力者が大金を積んでも、不祥事を起こした生徒の処分は免《まぬが》れない。

「大学側が理解を示してくれました。僕たちにできることは、講義中、翡翠くんを暴れさせないことです」

「……無理じゃねぇか？」

優馬だ。

何せ、今までに最も翡翠のべらぼうに高いプライドを傷つけているのは、ほかでもない

これに尽きます、と義孝は人差し指を立てた。

「まず、翡翠くんのプライドを傷つけないこと」

「……面倒な奴」

優馬がボソリと零した瞬間、翡翠の手から高野山のゆるキャラのぬいぐるみが飛んできた。それも顔面に。

「ですから、優馬、翡翠くんのプライドを傷つけないように」

義孝に真摯な目で念を押され、優馬はコクリと頷いた。ワガママ大王の機嫌を損ねないようにするしかないのだ。

「死に物狂いで勉強した大学を退学したくねぇ」

優馬が悲愴感を漂わせて言うと、明雲がひょっこりと顔を出した。

「優馬くん、うちで働けばよろしい。歓迎します」

明雲の守護神である木花之佐久夜毘売のメッセージが優馬の脳裏に響いた。月讀命様の弟子である使命ですよ、と。

「冗談じゃねぇ」

月讀命の弟子の使命とはなんだ、あの例の宴会でチャラ男神が引き受けた魔物退治かよ、

不運の連鎖を断ち切りたくて神に弟子入りしたのに、これでは元も子もない、と優馬は食ってかかろうとしたが、目の前には疾風と義孝がいる。

今までの優馬ならば、ふたりのような友人はできなかっただろう。

親しくつき合いだしてから時はそんなに経っていないが、予想だにしなかった事態を乗り越え、ふたりとも心から信じられる。

明雲も心の底から信じることができる。

心の底から信じられる人間が三人できたのだ。それだけでも、月讀命の弟子になった甲斐《かい》があったのかもしれない。

これから、どんなに翡翠に振り回されても、信用できる三人の力添えがあれば乗り切れるような気がした。

いや、乗り切ってみせる。

そうでなければ、神様の弟子になった甲斐がないから。

とりあえず、明日から翡翠を背負って大学だ。左右に疾風と義孝がいるから、何が起こっても大丈夫だろう。

終

コスミック文庫 α

神様《かみさま》の弟子《でし》 ～チビ龍《りゅう》の子育《こそだ》て～

【著者】 加賀見《かがみ》彰《あきら》

【発行人】 杉原葉子

【発行】 株式会社コスミック出版
〒154-0002 東京都世田谷区下馬 6-15-4

【お問い合わせ】 ―営業部― TEL 03(5432)7084 FAX 03(5432)7088
―編集部― TEL 03(5432)7086 FAX 03(5432)7090

【ホームページ】 http://www.cosmicpub.com/

【振替口座】 00110-8-611382

【印刷／製本】 中央精版印刷株式会社